존과 제인처럼 우리는

시작시인선 0373 존과 제인처럼 우리는

1판 1쇄 펴낸날 2021년 4월 26일
지은이 조동범
펴낸이 이재무
책임편집 박은정
편집디자인 민성돈, 장덕진
펴낸곳 (주)천년의시작
등록번호 제301-2012-033호
등록일자 2006년 1월 10일
주소 (03132) 서울시 종로구 삼일대로32길 36 운현신화타워 502호
전화 02-723-8668
팩스 02-723-8630
홈페이지 www.poempoem.com
이메일 poemsijak@hanmail.net

ISBN 978 89-6021-554-2 04810
      978-89-6021-069-1 04810(세트)

값 10,000원

존과 제인처럼 우리는

조동범

천년의시작

시인의 말

  백야의 길을 달려 북극권의 어느 도시에 간 적이 있다. 보일 듯 말 듯 펼쳐진 그날 밤의 길과 시간. 백야의 숲과 들판은 이면을 감춘 채 빛과 어둠의 어느 지점에 웅크리고 있었다. 우리의 삶도 그날의 길과 닮았다는 생각이 든다. 백야의 길과 시간을 바라보던 것처럼, 우리는 행과 불행의 이면을 제대로 보지 못한다. 하지만 그것을 보지 못한다 해도 슬퍼할 필요는 없다. 행의 이면과 불행의 이면은 다르지 않은 것이다. 어쩌면 그것은 하나의 몸일 때라야 비로소 온전한 삶의 순간을 만들어 내는 것일지도 모를 일이다.

차 례

시인의 말

제1부 완벽한 저녁을 향해, 죽음의 문장처럼

제2부 존과 제인과 암스테르담행 심야 버스

제3부 난센

제1부 완벽한 저녁을 향해, 죽음의 문장처럼

오랑*

오랑. 저녁 식탁마다 평화로운 안부는 가득하고, 창문마다 저물녘의 일몰은 천천히 고개를 돌리려 한다. 구름은 무심하고 미래는 누군가의 안위를 향해 모든 불길함을 버리려 한다. 오랑. 하수구를 배회하는 쥐 떼가 연민을 자아내는, 완벽한 저물녘이구나. 그리하여 오랑. 풍요로운 저녁 식탁을 앞에 두고 헤어진 연인의 편지를 떠올리는 것은 오래된 금기라고 누군가 말을 하려 한다. 오랑. 지중해의 바람이 아름답고 완전한 해변의 문양을 배회할 때, 사람들은 거리로 쏟아져 나와 흘러간 유행가를 허밍하려 한다. 하수구를 서성이는 쥐 떼는, 여전히 아름다운 오랑, 그곳의 해변을 바라보고 있다. 그러나 이유를 알 수 없는 두려움처럼, 해변은 어느새 잊을 수 없는 폐허를 상상하기도 하지. 예언서마다 죽음의 문장들은 눈물을 흘리지만, 저녁 식탁의 가족사는 행복했던 과거만을 기억하고 싶어지는구나. 지중해의 바람이 불어오면, 그곳은 아프리카의 어느 슬픔인가? 아니면 프랑스의 어느 마을인가? 식탁 위의 촛불은 행복한 가족사를 향해 타오르고, 감미로운 저물녘을 위해 저녁의 식사는 나른한 오늘 하루를 마무리하려 한다. 지중해를 향해 저물고 있는 태양은 느리고 긴, 빛과 어둠을 망설이는 중이구나. 오랜 시간이 흐른 후에 발굴되는 것들을 상상하며, 오랑. 우리는 그것이 폐허의 문장이 아니기를 간절히 소망한다. 그러나 폐허 이전의 역사는 폐허를 예언할 수 없는 법. 오랑. 이제 모든 것을 기억하거나 상상하고 싶어지지 않는구나. 그것은 마치 오래전에 죽은 가족들의 무덤을 떠올리는 것처럼, 자꾸만 잊고 싶은 예언이 된다. 바람이 불어오면 식탁은 완벽한 저녁을 향해 한 걸음 더 다가선다. 그러나 오랑. 미래는 어느새 돌이킬 수 없는 폐허와 저녁을 향해 펼쳐지려 한다. 죽음의 문장처럼 오랑. 그리하여 완전한 저녁의 식탁이 영원토록 기억나지 않을지도 모르는, 오랑.

• 오랑: 알베르 카뮈의 소설 『페스트』의 배경이 된 도시. 지중해 연안에 있는 알제리의 항구도시이다.

휴스턴

휴스턴, 들리는가? 지표면을 바라보며 나는, 돌이킬 수 없는 순간을 그저 흐느낄 뿐이구나. 이곳은 돌이킬 수 없는 우주이고, 나는 이윽고 유폐되었다. 눈앞에 펼쳐진 그곳이 아메리카의 어느 곳인지, 아시아의 어느 곳인지, 그것은 언제나처럼 분명치 않다. 침몰한 범선들의 전설이 웅성대는 바다를 향해, 그러나 올리브 나무가 자라는 들판의 햇살과 풍요로운 저녁은 여전히 아름다울 것이다.

휴스턴, 그리하여 올리브 과육마다 해안선의 풍요롭고 감미로운 바람은 불어오겠지. 휴스턴, 문득 그곳을 떠나려 마음먹던 어느 저녁이 생각나는구나. 그날, 지평선 너머로부터 바람은 당도했는지, 현관 벨을 맨 처음 누른 방문객이 누구였는지는 알 수 없지만, 끝없이 타오르며 사라지던 노을은 영원히 잊을 수 없을 것이다. 그날을 떠올리면 휴스턴, 투명하게 담긴 올리브와 햇살이 쏟아지던 체크무늬 커튼이 가장 먼저 생각난다.

휴스턴, 들리는가? 나는 지금 그날의 식탁과 올리브에 관해 이야기를 하고 있지만, 그것의 부질없음을 나는 이미 알고 있다. 그러나 나는 여전히 올리브에 대한 이야기만을

15

떠올리게 되는구나. 올리브를 올린 생선찜이나 올리브를 곁들인 와인을 앞에 두고, 그날의 우리는 누군가의 생일을 축하했을 것이다. 폭죽을 터뜨리며 생일 축하 노래를 소리 높여 합창했겠지. 그래, 생일은 그런 날이다.

휴스턴, 들리는가? 황혼의 해변으로 파도는 몰려오고 있는가? 아니면 수평선은 어둠으로 가득한가? 지표면은 여전히 알 수 없는 미지로 가득하고, 나는 그곳이 아메리카의 어느 곳인지 아시아의 어느 곳인지 언제나처럼 알 수 없구나. 그저 나는 오래전의 생일 파티와, 그날의 평화롭던 노을과 올리브를 떠올릴 뿐이다. 아! 죽음을 목전에 두고 떠올리는 올리브라니.

휴스턴, 들리는가? 이제 졸음이 몰려온다. 체크무늬 커튼이 드리운 창문과, 창문을 관통하던 고요와, 출렁이던 노을을 바라보던 올리브는 여전히 아름답겠지. 그러나 그날의 그런 기억들은 오래지 않아 완전히 사라질 것이다. 그날은, 누군가의 생일이었지. 그리하여 나는 문득, 삶과 죽음을 중얼거려 본다. 휴스턴, 삶과 죽음은 이렇게 멀지 않은 곳에 있구나. 휴스턴.

>

휴스턴, 들리는가? 누군가의 생일처럼, 휴스턴. 휴스턴.

1월

어느새 늙어 버린 당신이 있다. 저물녘이 사라지려 할 때 어둠은 어느 곳을 배회하는가. 그러나 당신은 이제 흘러간 것들은 기억하지 않으려 한다. 남해의 섬을 바라보며 지나간 모든 것들을 애써 호명하려 하지도 않는다. 당신은 어느새 늙었고, 신성이 무너지는 것만 같은 일몰은 끝내 눈물을 흘리지 않는다.

해안선을 따라 씻기지 않는 피비린내는 누군가의 전생을 흐느끼려 하는가. 실패한 상륙작전은 역사에 기록되지 않고 무너진 다리마다 오래전에 사라진 이들의 흐느낌은 더 이상 들리지 않는다. 당신은 초등학교 교정의 텅 빈 그네와 침묵을 거듭하는 누군가의 동상을 떠올리려 한다.

회고할 수 없는 과거만이 당신의 미래를 예감할 것이다. 그리하여 당신은 회한 따위에 사로잡히지 않으려 한다. 세상은 쓸모없는 것들로 가득하니 당신은 이제 늙어 버린 당신의 미래를 어루만지기로 한다. 사이렌이 울리는 거리마다 국경일의 추모객은 눈물을 흘리지 않고

슬픔은 이제 쓸모없는 사랑처럼 당신의 마음을 사로잡지

못한다. 당신은 그저 해안선의 출렁이는 파도와 어둠이 장악하기 시작한 수평선을 바라볼 뿐이다. 늙어 가는 개와 산책하는 밤이 깊어 가면 이웃들의 죽음은 어느새 당신 앞에 당도하는가.

몰락하는 수평선을 바라보며 늙어 버린 당신은 무엇을 떠올리는가. 끝도 없이 침묵하는 것은 과거인가 미래인가 아니면 말을 잊은 당신의 음성인가. 그러나 당신은 더 이상 눈물을 흘리지 않으려 한다. 당신은 그저 늙어 갈 뿐이고, 장례식장을 나서는 순간 잊히는 모든 슬픔처럼 과거와 미래는 떠올리지 않기로 한다.

이별을 물어 오는 누군가의 문장은 여전한 슬픔을 잉태한다. 그러나 흘러간 것들을 호명하지 않기로 한 당신의 다짐 역시 매일 밤 유효하다. 크리스마스캐럴처럼 고요하고 거룩하게, 눈물을 흘리지 않는 오늘 밤은 당도할 것이다. 그곳에 어느새 늙어 버린 당신이 있다. 그 무엇도 회고할 수 없는, 당신이 있다.

총체성

구름이 무너질 때 그곳으로부터 역사는 시작되는가.

텅 빈 페이지 속으로 새가 날아들고 꽃이 피어날 때, 서사는 완성된 결말을 예감하는가. 저녁 식탁의 찌개가 식어가거나 하굣길의 아이들이 횡단보도 앞에 멈추어 섰을 때, 철거 예정인 건물이 무너지고 교회 옥탑에 목을 맨 사람처럼 바람이 불어올 때, 그곳으로부터

하나의 세계는 흘러나오고 수많은 오늘들은 치밀하게 오늘의 이야기를 완결하는가. 책장을 넘기면

책의 역사는 이윽고 하나의 이야기를 읊조리기 시작하는구나.

텅 빈 페이지가 믿을 수 없는 이야기를 들려주기 시작하면 비로소 페이지는 완성되기 시작한다. 책장을 넘기면 그곳은 샌타바버라의 텅 빈 해변이거나 추모객이 사라진 공동묘지의 어느 밤일 것이다. 이별하는 연인들은 상투적인 해변을 향해 달려가고, 공동묘지의 구름은 천천히 지상을 지나 끝날 수 없는 이야기를 들려주려 한다.

>

소설가의 방문이 예정되어 있으므로, 오늘 밤은 오래전에 잊힌 신화와 전설을 떠올려 보기로 한다. 페이지를 향해 천둥과 번개는 선명한 감각을 환기하고, 구름은 어느덧 복선을 향해 몰려오기 시작한다. 그리하여 불란서 제과점에서 새어 나오는 빵의 향기를 맡으면, 누군가는 비로소

불란서 제과점을 중얼거린다. 불란서 제과점의 간판에 불이 켜지고 불란서 제과점의 진열장에 빵들이 가득할 때, 그것은 이윽고 완전한 불란서 제과점이 되어 가기 시작한다. 한 입 빵을 베어 물면 불란서 제과점은 모든 소설의 결말을 예언하는가.

교차로의 개들이 죽음을 예감하지 못할 때 트럭은 슬픔을 애도하며 달려오고, 구름이 무너질 때 그러나 세계는 변함없이 거리를 배회한다. 모든 사건이 복선을 향해 집요하게 매달리던 여름이었다. 구름이 무너지고 피어오를 때, 그곳으로부터 역사는 시작되는가. 수많은 오늘들은 어떻게 하나의 페이지를 흐느끼며 전개되는가. 불란서 제과점의 불이 켜지고 수많은 오늘들이 페이지를 향해 걸어 들어가기 시작하면, 책의 역사는 이윽고 하나의 세계를 읊조리기 시작하는구나.

선셋

장엄함을 마지막으로 수평선은 사라지려 한다. 낯선 자들의 해안선은 알 수 없는 끝을 향해 아름답고, 그러나 슬픔을 애도하는 자들의 음성은 여전히 해변의 뒷골목을 서성이고 있다. 황혼은 믿을 수 없다며 해안선은 창백한 일몰을 거두어들이려 한다. 치기 어린 연애담이 해변을 서성이기 시작하면,

공습이 시작된 해안선의 두려움처럼 바다는 깊은 어둠을 예고하기 시작한다. 해안선을 따라 얼마나 많은 두려움은 밀려오고 사라지는가. 누군가는 해변에서 죽은 자들의 음성을 어루만지려 하는지도 모른다. 나의 눈과 귀가 가닿은 곳들로부터 바다의 음성과 일몰의 마지막 선홍빛은 보다 선명한 경악을 흐느끼려 한다.

해변의 묘지마다 오래전에 죽은 군인들의 군가가 들려오는 듯도 하다. 그것은 낮고 은밀하게, 불길한 과거를 일깨우며 슬픔을 수렴하려 한다. 그러나 그 누구의 묘비명도 지나간 과거를 완전하게 호명하진 못한다. 수평선 너머를 바라볼 수 없으므로 해변의 당신들은

>

어제와 오늘 그리고 내일 밤에 일어날지 모를 살육의 역사를 배회하기 시작한다. 황혼은 두근거리는 비밀처럼, 수평선 너머로부터 밀려오는 파도를 후회하기 시작한다. 그러나 황혼은 어둠을 거스를 수 없으므로, 아름답고 느린 해안선과 저녁의 거리를 그저 물끄러미 바라볼 뿐이구나.

어디선가 포성이 들리는 듯도 했지만, 황혼을 배경으로 그것은 기념일의 예포처럼 장엄한 순간일 뿐이다. 황혼을 앞에 두고 세계의 모든 그림자는 자신의 몸을 길게 늘여 지상을 장악하기 시작한다. 그리하여 그림자가 장악한 지상으로부터 어둠은 천천히 펼쳐질 것이다.

저녁의 경계는 불분명하고 수평선 너머는 알 수 없는 공포뿐이므로, 바라볼 수 없는 것은 믿지 말아야 한다고 해변의 누군가는 중얼거린다. 파도가 밀려가고 되돌아오는, 황혼만이 남겨진 해변이다. 연인들의 약속은 부질없고, 해변의 술집에서 사내들은 음험한 밤을 기다리며 늙어 간다.

이제 곧 마지막 순간이다. 어둠을 앞에 두고 해변의 모든 순간들은 두려움에 휩싸이기로 한다. 수평선 너머로부터 불길함은 시작되는가. 늙은 군인들의 선홍빛 악몽은 저물녘을 핥으며 해변의 모든 밤을 애도하기 시작한다. 바라볼 수 없는 곳으로부터

상륙작전은 시작되는가. 황혼은 그토록 아름다운가. 그리하여 포성은 허공을 고요하게 두근거리기 시작하는가. 믿을 수 없는 밤이 펼쳐지기 시작하면, 해변은 오래전에 끝난 혁명의 날과 늙은 군인들의 무용담을 떠올리기로 한다.

극의 역사

세계의 모든 것은 사라지려 하는가. 다시 만날 기약도 없이, 이제 기념일은 존재하지 않을 것이다. 그러나 얼어 죽은 자들의 영혼이 아직도 지상의 어느 곳을 배회한다고 믿는, 당신의 오늘 밤은 쉽게 저물지 않는다. 증기기관차가 운행되지 않는 터널마다, 살육의 역사는 극의 몰락을 느끼는가. 그것은 폭풍과 눈보라의 밤이었구나. 당신은 여전히, 갈 수 없는 대륙의 끝과 얼어붙은 슬픔을 떠올린다. 대륙의 끝에 알 수 없는 망설임은 피어오르기 시작하는가. 그리하여 어둠을 거느리지 못한 밤이 비롯되면, 당신의 오늘 밤은 비로소 시작되려 한다. 해가 지지 않는 밤이면 잠들 수 없는 쓸쓸함이 천천히, 당신의 악몽을 걸어 내려오며 출구 없는 동굴을 흐느끼려 한다. 자작나무의 수피마다 밤과 낮은 온통 어둠을 흐느낄 것이다. 자작나무 숲의 저녁은 아직도 지평선 너머에서 피의 전언을 두근거리고 있구나. 오늘 밤은 악몽처럼 창백하고, 이누이트는 더 이상 사냥을 떠나지 않는다. 누군가의 풍요로운 저녁 식탁이거나 빈방에 걸려 있는 겨울 외투처럼, 아무것도 아닌 날들을 수렴하며 오늘 밤이 시작된다. 자작나무 수피마다 스며든 악몽들이 천천히 뒤를 돌아보며, 당신의 몰락한 어둠을 끝도 없이 풀어놓으려 한다.

인터내셔널

부두로 가는 길목마다 바람은 불어오지 않는다. 해당화가 피면 누군가는 치욕을 떠올리는가. 아니면 넘을 수 없는 국경마다 기억할 수 없는 전설들은 무덤을 향해 걸어 들어가는가. 입항할 수 없는 소식들은 바다를 건너 끊임없이 폐기되려 한다.

국경은 어디에 있는가. 부두의 늙은 노동자는 자전거를 타고 집으로 돌아가고, 정박 중인 배들은 물끄러미 바다를 바라볼 뿐이다. 만날 수 없는 애인들은 불륜인가 아닌가. 저물녘은 내전 중인 이국의 어느 밤처럼 예고도 없이 저물기 시작한다.

하역 중인 인부들이 담배를 피울 때, 구름은 아직도 수평선을 서성이는데, 수평선 너머로 침몰하는 것이 무엇인진 여전히 알 수 없구나. 갑판 위의 선원들이 지나온 국가들의 언어를 느닷없이 떠올리면, 그것은 어느새 도륙당한 개와 돼지들의 울음을 흐느끼려 한다. 그러나 선원들의 밤은 아름답고,

그들은 그저 이국에서의 하룻밤과 피어오르는 담배 연기

만을 떠올릴 뿐이다. 부두로 가는 길 위에서, 늙은 노동자는 더 이상 아무것도 궁금해하지 않기로 한다. 정박한 배들마다 씻기지 않는 폐유가 흘러나오고, 국경을 넘나드는 소문은 흐느낌을 거듭하며 하선할 수 없는 항로가 된다.

척후병이 살해당한 전선戰線처럼, 예감할 수 없는 폭풍은 먼바다를 배회하며 음험한 밤을 예고한다. 개와 돼지들의 비극은 입항할 수 없는 미래인가. 아니면 잊고 싶은 애인인가. 개와 돼지들은 국경선을 침묵하며 죽음에 이르던 날의 기적汽笛을 떠올리려 한다.

부두로 가는 길 위에서 역사는 시작되지 않는다. 모든 것은 치욕뿐이라고 누군가 말했지만 누구도 그 말을 들을 수 없었다. 그것은 그저, 도륙당한 개와 돼지의 흐느낌이거나, 불어오는 한 줌 바람 혹은 예고도 없이 저무는 이국의 어느 밤을 애써 잊으려 할 뿐이다.

세계의 모든 석양

그것은 장엄하고 슬픈 전설을 들려주려 한다. 하나의 세계를 이루며 마지막 순간을 호명할 때, 석양은 이윽고 어둠의 주변을 서성이기 시작한다. 세계의 모든 석양은 실루엣으로 기억될 뿐이지. 석양을 등에 지면 당신의 얼굴은 사라지고

그곳에는 깊이를 알 수 없는 어둠과 그늘, 분노와 슬픔, 회한과 절망만이 남게 된다. 그러나 당신의 눈이 바라보는 것이 무엇인지, 나는 여전히 알지 못한다. 사라진 당신의 얼굴은 그저 냄새로 기억되는 어둠 속의 어느 순간만을 떠올릴 뿐이다.

석양이 타오르며 사라질 때, 수평선을 향해 날아가는 한 마리 갈매기는 상투적인 슬픔 따위와 함께 무의미한 허공이 되어 간다. 당신의 그림자는 수평선을 등에 지고, 끝도 없는 지평선을 향해 한없이 길어지고 싶은지도 모른다.

석양 저편으로부터 냄새가 몰려오면, 세기말의 순간처럼 당신은 불온하게 출렁이기 시작한다. 석양은 이제, 형언할 수 없는 세계의 모든 석양을 거느리며 수평선을 향해 종언

을 고하려 한다. 해변으로부터 당신은 걸어 나오고,

  그리하여 당신의 얼굴은 깊이를 알 수 없는 어둠과 그늘,
분노와 슬픔, 회한과 절망에 여전히 물들어 있다. 장엄하고
평화로운 석양 속으로 세계의 모든 신화와 전설은 오래전의
기억들을 이윽고 폐기하고 싶어진다. 장엄함은

  알래스카의 저녁으로부터 적도 인근의 수평선까지, 끊
임없이 연기되며 침몰을 거듭할 것이다. 마지막 순간은 신
성과 경외를 참배하며 도래하는가. 그러나 경계를 늦춘 석
양을 향해 어둠이 스며들 때, 모든 것은 실루엣으로 기억
될 뿐이다.

  석양을 등에 지고 당신은 해변을 걷고 있다. 해변의 파도
는 고요하고, 해변을 걷는 당신의 발자국마다 석양에 물든
세계의 모든 이야기는 이윽고 눈물을 흘리려 한다. 해변을
흐느끼며 당신은, 뒤를 돌아보지도 못하고 저벅저벅, 참혹
함을 견디고 또 견딜 뿐이다.

수취인

수많은 밀약들이 폐기되어 버릴 때 엽서는 당도합니까.
국경일의 어느 오후를 관통하는 구름들은 비밀결사처럼 사
라지고, 우편엽서의 사연들은 무엇을 말하고자 합니까. 그
러나 그것은 진실입니까. 우편배달부는 어디에 있습니까.
우편배달부의 가방에서 흘러나오는 것은 끝날 수 없는 이
야기의, 끝도 없는 파국이라고 당신은 생각합니다. 수많은
밀약들이 파기되고 반송되면, 엽서의 수취인은 그 모든 당
신들입니까. 아니면 확언할 수 없는 미지입니까. 엽서의 사
연들이 민낯을 들어 당신을 물끄러미 바라볼 때, 그것은 누
구의 진심입니까. 수많은 밀약들이 폐기되어 버릴 때, 엽서
의 이야기는 그러나 진실만을 말할 수 없습니다. 우편배달
부의 자전거가 다리 위를 지나가며 예감하는 것은, 언제나
아름다운 다음 세기만은 아닙니다. 우편함의 엽서가 수많
은 사연들을 공시할 때, 감출 수 있는 이야기는 어디에 있
습니까. 엽서의 사연들은 어느덧 바닥에 떨어진 채 아무렇
게나 굴러다니고, 그럴 때마다 하나의 사연은 거대하게 부
풀어 오르며 하나의 분명한 사건을 흐느낍니다. 이제 막 출
발한 열차는 멈출 수 없고, 안내 방송은 탑승하지 못한 이
들의 사연을 애타게 호명합니다. 우편배달부는 어디에 있
습니까. 밀약들이 폐기되어 버릴 때 엽서는 도착합니까. 그

리하여 엽서는 그 무엇의 진심이 되어 갑니까. 기원전의 믿을 수 없는 이야기처럼, 비밀결사의 굳은 맹세는 이제 사라지려 합니다. 문자들은 단 하나의 의미만을 위해 모든 상징을 폐기합니까. 엽서가 당도할 때, 우편함은 어느덧 폐허를 기록하며 폐기된 밀약들을 기억할 수 없습니다.

호라이즌

수평선을 향해 날아가는 비행기가 있다. 당신은 이제 수평선과 함께 최후를 맞이하려 한다. 정지된 듯 수평선은 고요하고, 수평선을 마지막으로 모든 것은 끝날 것이다. 수평선 너머에 무엇이 있는지 알 수 없지만, 당신은 수평선 너머를 마지막으로 눈물을 흘리고 싶어진다.

관제탑으로부터 이곳은 너무 멀고, 돌이키기에 시간은 이미 늦었구나. 수평선을 향해 날아가는 궤적은 여전히 고요하고 아득하게, 그리하여 끝도 없이 펼쳐지고, 장엄함은 끝나지 않는 미지처럼 공중에 가득하다. 그러나

구름 너머의 신화가 사라지지 않는 것처럼, 비행기는 수평선의 끝도 없는 너머에 이를 수 없을 것이다. 오래전에 침몰한 전함으로부터 사이렌은 울리는가. 전함의 제독은 수평선의 고요를 오래도록 바라보며 그저 침묵할 뿐이다. 비행기가 날아가는 곳은

세상의 끝이던가. 적란운이 피어오른 수평선을 지나면 죽음은 환영처럼 피어오르는가. 수평선 너머에서 맞이하는 최후는 정물처럼 그저 고요할 뿐이구나. 수평선 너머

의 최후를 향해, 죽음을 애도하는 자들의 슬픔은 쉽게 끝나지 않는다.

　침몰한 전함이나 보물선, 출처를 알 수 없는 소문과 전설은 이제 영원히 깨어나지 못할 것이다. 비행기의 고도를 점점 낮추면 수면은 이내 당신의 잠 속으로 몰려오는 듯 아름답게 빛을 발할 것이다. 출렁이는 파도도 없이,

　수평선 너머는 흐느낄 수 없는 슬픔으로 가득 차오르기 시작할 것이다. 어디선가 당신을 부르는 소리가 들린 듯도 했지만 모든 것은 알 수 없을 뿐이라고 당신은 생각한다. 수면을 스치듯 지나가면 이제 모든 것은 끝이 나겠지. 수면을 지나,

　섬의 해변과 숲을 지나, 당신이 떠나온 모든 슬픔과 마지막 인사를 지나. 이제 마지막 순간이다. 하늘은 여전히 아름답구나. 구름은 수평선 너머로 사라질 것이고, 수평선 너머에 무엇이 있는지, 당신은 끝끝내 알지 못할 것이다.

　　*

영웅담

대열을 벗어난 순간 찾아오는 저녁처럼, 모든 것은 불안으로 점철되기 시작한다. 밤하늘의 저편으로 구름이 흘러가고, 소문처럼 국경 인근은 빠르게 제 몸을 숨기려 할 것이다.

라디오의 아나운서는 무엇을 말해야 하나. 패전의 밤을 발설해야 하는 밤은 무덥고 고요하구나. 구름 속으로 사라지는 헬기가 밤하늘을 더듬으며 불온한 적막을 두근거린다.

전선은 빠르게 후퇴하는가. 어둠에 가려 패전의 밤은 소문처럼 사라지려 한다. 장군은 이내 고민에 빠진다. 전선은 불투명하고, 등화관제의 밤은 불길한 징조처럼 어둠을 서성이려 한다.

등고선마다 시신들의 흐느낌은 천천히 흘러나오기 시작한다. 장군의 어깨가 잠시 기울어진 듯도 하였지만, 등화관제의 밤이었으므로 모든 것은 보이지 않는다.

국경 인근의 저수지에서 발견된 익사체에서 흘러나오는 것은 누군가의 영웅담이 아니다. 국경이 사라질 때마다 패전의 밤은 완벽한 밤을 향해 깊어만 가고 싶다.

장군은 여전히 말이 없는가. 국경 인근의 야시장은 폐장을 반복하는가. 누군가의 사랑은 여전히 깊어 가지만, 그러나 전선은 되돌릴 수 없는 순간들로 차오르기 시작한다.

이제 모든 것은 사라질 것이다. 등화관제의 밤은 더 이상 기억나지 않는다. 그리하여 저 멀리 포성이 들려온 듯도 하였지만, 돌이킬 수 없는 것들에 대해서는 이제 그만, 침묵을 거듭하기로 한다.

현대성

그것은 등화관제 훈련의 숨죽인 어둠입니까. 아니면 민방위 훈련의 텅 빈 거리입니까. 불빛이 새어 나가면 창문마다 흐느낌은 시작됩니다. 사이렌이 울려 퍼질 때 기원을 알 수 없는 식물들은 뿌리를 내리기 시작하고, 여름밤의 풀벌레는 비로소 평화로운 전원이 되어 갑니다.

그것은 마치 워터 파크의 밤을 배회하는 익사체처럼, 기이하고 불온한 순간들을 호명합니다. 민방위 훈련의 공습경보가 울리는 순간마다, 태어날 수 없는 아이들은 모든 무덤들의 연원을 궁금해하기로 합니다. 그러나 라디오의 채널들이 금지된 서사를 전송하는 순간에도 대관람차의 연인들은 그저

키스를 거듭할 뿐입니다. 공습경보의 끝에는 그렇고 그런 신파만이 끊임없이 반복되고, 등화관제의 캄캄한 밤은 무덤도 없이 사라진 누군가를 허밍할 뿐입니다. 아버지와 어머니가 그리운 밤에는 부리도 없이, 날개도 없이,

지쳐 버린 철새 떼만이 해안선을 따라 고요하게 출렁입니다. 태어나지 않을 아이들이 배회하는 해안선으로부터,

끝나지 않는 울음들은 용기를 거듭하고, 저녁은 이윽고 외나무다리를 건너는 순간처럼 물러갑니다. 휴양지로 향하던 고속버스가 불길에 휩싸이면

태어나지 않을 아이들의 해변은 잊을 수 없는 서사를 이윽고 완성합니다. 그것은 난파당한 배들의 잊을 수 없는 항로입니까. 아니면 무덤도 없이 펼쳐지는 누군가의 이야기입니까. 바다가 차오를 때, 그곳으로부터 죽은 자들의 음성은 흘러나옵니까. 그리하여

그것은 등화관제 훈련의 숨죽인 어둠입니까. 아니면 민방위 훈련의 텅 빈 거리입니까.

원근법

날개도 없이 눈알도 없이 한 마리 새가 날아갈 때, 지평선은 끝도 없이 펼쳐지려 한다. 폭우가 문득 뒤를 돌아보면, 지상의 경계는 분간할 수 없는 허공을 호명하고, 죽은 자들의 음성은 소실점으로부터 믿을 수 없는 이야기를 복기한다. 그것은 마치 적군과 아군을 분간할 수 없는 전선처럼 펼쳐진다.

몰락하고 있는 새들은 지평선 너머로 추락을 멈출 수 없고, 숨을 수 없는 지평선의 낮과 밤은, 분명하고 명백하게 모든 것들을 폭로하고 싶어진다. 그러나 피아를 구분할 수 없는 소실점은 먼 친척의 장례식에 다녀온 어제처럼 아무런 감흥도 말할 수 없다.

지평선 너머의 이야기를 우리가 알 수 없는 것처럼, 한 줌의 불길함을 마지막으로 장례는 그저 무미건조할 뿐이다. 죽은 자에 대한 기억은 선명하거나 희미한 것. 날개도 없이, 눈알도 없이, 사라지는 새들은 하나의 프레임에 담겨 선명하거나 희미한 두 개의 색감을 가로지르려 한다.

진지로부터 멀리 날아간 총탄의 행방을 우리가 알지 못하는 것처럼, 새들의 죽음은 그저 폭우가 쏟아지는 희미한 지평선으로 수렴될 뿐이다. 가깝거나 먼 구름과 지평선. 너무나 명백한 오늘이거나, 닿을 수 없는 내일. 달력을 넘기면 그곳에는, 예언할 수 없는 소실점만이, 끝도 없는 지평선의 몰락을 예비하고 있을 뿐이다.

타투이스트의 끝없이 흘러나오는 비문과 축문과 무너지는 구름의 기원과 축복과

당신의 손끝에서 완성되는 하나의 세계를 바라본다. 당신의 문양으로부터, 선명하게 그어지는 그 어떤 예언과 불길함은 오래도록 당신의 과거를 복기하고 싶어진다. 그것은 기둥이고 슬픔이며 끝도 없이 무너지는 구름이다. 당신의 손끝에서

돌이킬 수 없는 절망처럼 비문은 흘러나오고, 죽은 자의 음성처럼 펼쳐진 신성의 음역을 듣는 날이면, 당신은 오래도록 앓아누워 다가올 전생을 잊고만 싶어진다. 당신의 손끝에서

누군가의 기원과 축복은 단단하게 펼쳐지기 시작하고, 그러나 모든 과거와 미래는 이윽고 참을 수 없는 슬픔이 되려 한다. 당신의 온몸이 젖고, 당신의 문양은 어느새 과거를 돌아보며 지울 수 없는 미래를 예비한다. 당신의 손끝은

불길한 꿈을 예감하는 자의 등과 목, 팔과 다리 그리하여 오늘 밤을 기원하며 영원히 깨어날 수 없는 악몽을 음각한다. 들판의 제단에는 양들의 핏빛 통곡이 가득하구나. 축문을 마지막으로 오늘 밤은

>

지울 수 없는 다짐과 이루어지지 않는 사랑을 고하고자
한다. 당신의 이 층 방에서 오래된 이야기는 흘러나오는가.
당신은 잠들 수 없는 밤을 흐느끼며 무병을 앓는 자가 전하
는 피의 전언처럼,

당신의 손끝에서 흘러나온 모든 문양을 후회하고 싶어진
다. 당신은 흐르는 피를 뚫고 완성되는 서사를 되돌리고 싶
지만, 모든 것은 돌이킬 수 없고, 맹세와 다짐은 누군가를
애써 외면하고 싶어진다. 당신의 손끝으로부터

돌이킬 수 없는 세계가 완성되는 날. 당신은 오래도록 앓
아누워 모든 비문과 축문, 지울 수 없는 사랑과 맹세, 기원
과 축복 따위를 철회하고 싶어진다. 기둥이고 슬픔이며 끝
도 없이 무너지는 구름의 텅 빈 비문을 바라보고 싶어진다.

기묘한 국숫집

한 그릇 국수를 먹고 골목의 모퉁이를 돌아서면 그곳에 처음인 듯 또다시, 국숫집은 펼쳐진다. 국숫집의 간판은 어둠을 물리치며, 어느 결에 잊어버린 나의 허기를 물끄러미 바라본다. 어느덧 허기는 몰려오고, 나는 처음인 듯 이끌려 국수를 주문한다.

찬 없는 한 그릇 국수처럼 어둠을 서성이며, 그곳은 물끄러미 골목의 끝을 바라보고 있다. 문을 열고 들어서면, 남자는 처음인 듯 여전히 국수를 말고 있고

한 그릇 국수를 주문하면 냄비의 물 끓는 소리, 나직하게 뒤를 돌아보는 칼의 고요 역시 또다시 펼쳐진다. 나는 국수를 마는 남자의 낯익은 어깨를 아무 말 없이 바라본다. 찬물에 국수를 헹구고 고명을 얹는 남자의 어깨가

적막하고 평화롭게 들썩인다. 최소의 움직임으로 만들어 내는 단호함처럼, 시간은 흘러간다. 창밖에는 어둠이 가로등 주변을 캄캄하게 웅성이고 있다. 국수 한 그릇에 말아 먹는 새벽이 어느새 식탁 주변에 툭툭, 떨어진다. 나의 허기를 끊임없이 배회하며

>

　사내의 국수는 온 힘을 다해 뜨거움을 견디고 있다. 국수
를 먹고 골목을 돌아서면 여전히 처음인 듯, 그곳은 펼쳐진
다. 그곳에 나의 허기는 끊임없는 최초를 거듭하고, 사내는
어제처럼, 오늘처럼 그리하여 내일처럼 국수를 말며 끝나
지 않는 뜨거움을 견디고 있다.

제2부 존과 제인과 암스테르담행 심야 버스

Jane Doe[*]

소문은 무성했지만 나는 어디에도 없다. 비밀을 헤집으며 밤이 오면 들려오는 것은 무엇이었나. 마지막 순간을 생각하면 두려움이 깃든 어둠이 잊히지 않는구나. 먼 길을 돌아왔는지 숲의 어둠은 나의 핏빛 발자국을 뚝뚝 말하지 않으려 한다. 말할 수 없는 밤과 낮을 보내며 그저 고요하고 창백하게, 누구의 문장도 흐느낄 수 없었다. 내가 발견된 숲과 어둠으로부터, 나는 누구인가. 이제 나는 이곳에 몸을 누이고, 단지 이 방이 조금 추울 뿐이다. 온도를 높였으면 좋겠는데, 이불도 없이 나는 무연고의 밤을 오래도록 침묵해야만 한다. 손톱 밑에 가득한 소문은 말할 수 없는 두려움에 깃들어 자꾸만 누군가의 악몽을 대신 꾸려 한다. 밤하늘은 이제 불길한 별자리의 예언을 절뚝이며 더 이상 고해성사를 하지 않는다. 내 몸의 상처를 어루만지면 그곳으로부터 믿을 수 없는 증언은 흘러나오겠지. 길게 자란 머리칼은 어느 먼 과거를 기억하고 있을까. 그것은 누군가와 마주 앉은 기쁨과 슬픔, 원망과 분노의 문양들을 호명하며 현생의 모든 선과 악이 되려 한다. 하지만 그것은 기억나지 않는 일이고, 내 이름은 그저 제인일 뿐이다. 그러므로 나는 말할 수 없는 밤과 낮을 보내며, 고요하고 창백한 세계의 모든 비밀을 흐느낄 수 없구나. 장례는 치러지지 않을 것이다. 나는 제인이고, 기일을 알지 못하므로 누구도 나를 기억하지 못할 것이다. 나는 지금 춥구나. 이 방의 온도를 조금 높였으면 좋겠는데, 나는 그저 제인이고, 당신들은 그 무엇도 알 수 없을 것이다. 나는, 나는 그저 제인일 뿐이고, 무수히 많은 제인들이 당신의 오늘 밤을 끝도 없이 흐느낄 것이다.

* Jane Doe: 신원 불명의 여성 환자, 시신, 피의자에게 붙이는 임의의 이름.

John Doe*

국경선은 어느 곳에 있나. 흘러가는 구름과 강물, 끝나지 않는 죽음은 어느 곳으로 사라지려 하나. 수평선은 너무 먼 곳에 있고, 눈을 감으면 떠오르는 것은 오래전의 허기. 지상은 춥고 더럽고 그리하여 나의 죽음은 쓸모없는 어젯밤이 되려 한다. 국경선은, 국경선은 어디에 있나. 당신은 국가와 민족과 역사의 부질없음을 문득 중얼거린다. 잊을 수 없는 사랑이 나에게도 있었던가. 모든 것은 알 수 없구나. 아무도 묻히지 않은 무덤만이 지평선을 따라 즐비하게 흐느끼고 있을 뿐이다. 세상의 모든 죽음은 천천히 걸어 나와 이제 하나의 전설이 되려 하는구나. 시작과 끝이 분명치 않은 이야기는 고단한 통곡처럼 흐느끼고, 어둠은 천천히 말할 수 없는 고해성사를 쏟아 내기 시작한다. 모든 것과 이별을 고하는 순간 국경선은 보이지 않는다. 이곳은 그저 오래된 사막이고, 당신은 끝끝내 발견되지 않을지도 모른다. 국경선은 어느 곳에도 없고 세상의 모든 것들은 이제 소멸에 이르고자 한다. 지평선과 수평선의 너머로부터 증기기관의 환영이 들려오는 듯도 하다. 그리하여 국경선의 이편과 저편, 혹은 하나의 세계가 다른 세계를 흐느낄 때에도, 나는 발견되지 않을 것이다. 그저 어둠 속을 걸어, 해 저문 국경선의 아무것도 기억할 수 없는 어제가 될 것이다.

* John Doe: 신원 불명의 남성 환자, 시신, 피의자에게 붙이는 임의의 이름.

뒤따르는 침묵*

　당신의 죽음은 모든 제의를 수긍하기로 한다. 오늘 밤은 거룩하게 당신을 추모하려 하고 누군가는 무릎을 꿇고 돌이킬 수 없는 슬픔과 제의에 충실해지려 한다. 추도 예배가 시작되면 신자들은 소리 높여 찬송할 것이고, 누군가의 통곡은 거룩한 애도의 순간을 이윽고 완성할 것이다.

　당신은 뜨거움을 마지막으로 제의의 마지막 순간과 이별을 고하겠지. 불길 속에서 당신이 흐느끼기 시작하면 애도의 모든 순간은 절정을 향해 통곡을 거듭할 것이다. 당도하지 못한 신의 음성 앞에서 당신은 물끄러미 죽음 이후를 떠올리기로 한다. 모든 것은

　그렇게 끝날 것이다. 그러므로 당신은 절정을 향해 치닫는 오늘 밤에 누워 제의가 만들어 내는 몇 개의 형식을 온몸으로 견디는 중이다. 소란스러운 밤은 지나가기 마련이다. 나무들의 뿌리는 어둠을 움켜쥐고 소란스러운 제의의 마지막 순간을 추모하기 시작한다. 오늘 밤을 마지막으로

　당신은 적막강산이고, 나는 당신의 죽음 이후의 시간을 떠올리고 싶어진다. 당신은 비로소 느리게 흘러가는 강물

을 침묵하기 시작한다. 모든 애도는 이제 마지막을 고하려 한다. 그리하여 제의의 끝에 몰려오는 침묵을 앞에 두고 당신은 어느덧 울음을 터트리기 시작한다.

* 베르나르 포콩의 영상 작품 〈나의 길(Mes Routes)〉의 문장.

친애하는 고인들*

　기억할 수 있을까. 누군가의 죽음은 여전히 믿을 수 없고, 이곳엔 그저 견딜 수 없는 추위와 믿을 수 없는 소문만이 가득하다. 그러나 이곳은 아름다운 해변의 묘지이고, 해변을 따라 죽은 자들은 열을 지어 천천히 바다로 걸어 들어가려 한다. 묘지는 오래전에 떠나온 해협 너머의 전생을 회고하며 눈물조차 흘릴 수 없구나. 상투적인 묘비명은 누군가의 생과 사를 추도하고, 그러나 추모객이 없는 해변의 묘지는 외롭고 쓸쓸한 오늘 밤과 도래하지 않을 것만 같은 내일 밤을 견디려 한다. 바람이 불어오면 묘비명은 서서히 부서져 내리며 생과 사의 모든 문장을 잊고만 싶어진다. 이따금 생의 최초가 기록되지 못한 이들의 묘비명에서 알 수 없는 전생의 흐느낌은 들려온다. 애초의 순간을 떠올릴 수 없는 이들의 죽음은 얼마나 큰 불행을 거느리는가. 하지만 그것은 기억할 수 없는 기원전의 이야기처럼 아득하고 막막할 뿐이다. 애초가 사라진 묘비명은 마지막 순간만을 기록하고 있으므로 우리는 그들의 전생을 상상조차 할 수 없구나. 이따금 허기에 지친 북극곰이 상투적인 묘비명을 핥으며 얼어 죽기도 한다. 극야를 견디며 누군가의 생과 사는 견딜 수 없는 침묵이 되어 가고, 끝도 없는 백야를 향해 오래전의 황폐한 서사는 믿을 수 없는 폐허가 되어 간다. 바다로 걸어 들어가던 죽은 자들이 문득 뒤를 돌아볼 때. 추모객이 없는 해변의 묘지에서, 묘비명은 그 어떤 기억도 거느릴 수 없구나. 이곳엔 견딜 수 없는 추위와 믿을 수 없는 소문만이 가득하다. 주술사의 음성처럼, 해변의 묘지는 믿을 수 없는 신화와 전설이 되어 가고, 생과 사의 모든 문장들은 끝도 없는 밤과 낮을 배회하며 모든 것을 잊고만 싶어진다.

* 베르나르 포콩의 영상 작품 〈나의 길(Mes Routes)〉의 문장.

입동

나는 조금 서글퍼지기로 한다. 이제 모든 것은 끝이 나겠지. 바람이 불어오면 어느덧 추위와 졸음은 몰려올 것이고, 나는 눈을 감고 그저 숲의 적막을 흐느끼기로 한다. 이렇게 누워 죽음을 기다릴 때

대문을 나설 때, 문은 잠궜는지. 가스 밸브를 열어 놓지는 않았는지 불현듯 궁금하지만, 이제 더 이상 중요한 것은 없겠지. 이렇게 누워, 나는 다만 어둠이 오기 전에 모든 것이 끝나기를 소망할 뿐이다.

그러나 여전히 냉장고에 두고 온 두부조림과 어젯밤에 다듬다 만 채 담아 놓은 채소가 떠오르는구나. 손가락을 움직이면 아직도 채소의 선선함이 배어 나오는 것 같지만, 모든 것은 시들어 갈 것이다. 냉장고를 열면

백열등의 불빛은 여전히 발치에 뚝뚝 떨어지겠지. 그러나 바람이 불어오고, 이제 곧 모든 것은 끝날 것이므로, 나는 조금 서글퍼질 뿐이구나. 지금 몰려오는 졸음이

추위 때문인지 아닌지 알 수는 없지만, 취기 때문은 아

니라고, 어느덧 나는 믿고 싶어진다. 그저 나는 수신될 수 없는 우편물과 현관 앞에 켜켜이 쌓일 신문이 걱정될 뿐이구나.

부재중 전화와 메시지가 수신될 때, 옆집 여자는 여전히 노래를 흥얼거리고 있을지, 이민을 떠났던 친구는 돌아왔는지, 불현듯 궁금하지만, 그것은 중요한 일이 아니지. 그리하여 이렇게 누워 죽음을 기다릴 때

드라마의 최종회는 이윽고 결말을 암시할 예정이다. 치우지 못한 식탁 위의 커피 잔이 천천히 말라붙기 시작하고, 빨래 건조대의 옷들이 마르기 시작하면 숲의 적막을 향해 어느덧 아침은 밝아 올 것이다. 나는 눈물을 흘리며,

선반 위에 놓인 고등어 통조림처럼 조금 더 외로워지기로 한다. 그리하여 바람은 불어오고, 모든 것은 시들어 가고, 나는 천천히 눈을 감기로 한다.

암스테르담*

소설처럼이라는 말은 이제 하지 않기로 한다. 하나의 결말이 거느리는 불길한 음역 역시 이제는 슬퍼하지 않기로 한다. 나의 문장은 그저 '*인생은 아름다워*'와 같은 진부한 혀를 내밀어 마침표를 찍으려 할 뿐이다. 남겨진 자들의 오늘 밤과 잊을 수 없을 기일들을 떠올려 본다. 차창 밖의 어둠이 숲인지 바다인지, 적막은 탯줄을 따라 전해지던 심박처럼 의미심장하게 사방을 두런거리고, 장거리 버스의 기사가 상향등을 켜면 누군가는 생의 마지막을 떠올리며 눈물을 흘리려 할 것이다. 문득 어젯밤의 식탁과 요리사의 불길이 생각나는구나. 요리사의 웍이 뜨거운 공중이 되어 갈 때, 과연 하나의 세계는 완성되는가. 암스테르담이 얼마 남지 않았다는 기사의 전언이 거칠게 숨을 몰아쉬기 시작하면, 숨 막히는 내일 밤은 이윽고 당도할 것이다. 그리하여 나는 이제, 암스테르담만을, 오로지 암스테르담만을 떠올리기로 한다. 모든 존엄과 윤리가 암스테르담으로 수렴될 때, 혹은 사랑하는 연인들이 서로의 성기를 만질 때, 어떠한 서사는 시작되는가. 그리하여 암스테르담이 점점 가까워질수록, 두려움은 누구의 것으로 남게 되는가. 국경의 저편으로부터 무엇이 시작되는가. 저물 수 없는 낮과 동틀 수 없는 밤은 참혹하게 그 무엇을 외면하려 한다. 그리고 나는 마지막 문장처럼, 오로지 암스테르담만을, 단 하나의 암스테르담만을, 떠올리기로 한다.

* 비가 오는 창밖을 바라보며 맞이하는 죽음은 슬프지 않다고, 당신은 중얼거린다. 두렵지 않은 것은 아니지만 두려움도 삶의 한 순간이라고, 당신은 생각한다. 사랑하는 이의 손을 잡고 당신은 이제 기억나지 않을 해변과 들판을 향해 걸어가겠지. 죽음과 권리, 존엄과 윤리에 대해 생각한다. 죽음을 선택할 때 당신은 삶을 향해 가장 가까이 다가서있는지도 모른다. 그것이 행복이냐는 질문은 쓸모없는 것이다. 슬픔은 그저 슬픔일 뿐이고, 당신의 죽음은 오로지 삶을 향해 고개를 주억거릴 뿐이다. 죽음도 삶의 일부라고, 당신은 생각한다. 당신이 선택한 것은 죽음이 아니고, 마지막 들숨과 날숨을 내려놓으면 모든 것은 기억나지 않는 오늘 밤이 될 것이다. 당신은, 안락사가 합법화된 1983년의 암스테르담을 떠올린다. 창밖에는 비가 내리고 당신은 오래전에 뛰어놀던 들판의 햇살과 바람과 어머니의 음성을 애써 기억해 낸다. 당신의 손을 잡은 이가 눈물을 흘리는 듯도 했지만 모든 것은 분명치 않다. 당신은 눈물을 흘리는가. 모든 것은 알 수 없고, 오래전에 잊힌 냄새가 나는 듯도 하였지만, 그것 역시 알 수 없다. 바람 소리가 점점 크게 들리는 듯도 싶구나. 길고 아름다운 잠에 빠져들 것만 같은 오후의 햇살이다. 1983년의 암스테르담을 떠올리며, 당신은 깊은 어둠을 향해 천천히 걸어 들어가기 시작한다.

종種의 애도

　바다가 밀려가면 두근거리는 심장은 메마른 해변을 출렁이기 시작했다. 태양은 뜨겁게 우리의 육신을 말리고, 나의 꼬리와 너의 꼬리 그리고 나의 머리와 너의 머리는 폐기되어 버린 신화를 떠올리며 참혹했다.

　나의 꼬리와 너의 꼬리가 물살을 가를 때, 난류와 한류의 경계가 출렁일 때, 파괴된 신전은 여전히 방치되어 있고 신들의 음성은 더 이상 들리지 않는다. 나의 아가미가 바다로부터 불어오는 바람을 감각할 때,

　해변의 방풍림은 커다랗게 부풀어 오르며 바람을 흐느낀다. 나의 꼬리와 너의 꼬리는 서로 다른 방향을 바라보며, 신들의 이야기는 믿지 않는다고 중얼거린다. 바다의 이야기도 더 이상 믿을 수 없다며,

　너와 나의 아가미는 오로지 흐느낌을 거듭할 뿐이다. 최초의 바다를 애써 떠올려 본다. 이제 이곳 해변에 밀려오던 파도는 먼바다로 물러가고 우리는 영원히 바다로 돌아갈 수 없을 것이다. 바다로부터 스며 나오던 신화는 사라진 지 오래.

>

모든 것이 소멸에 이를 때, 그것은 마치 단 하나의 심장처럼 우리를 흐느끼기 시작한다. 우리의 종種이 생을 다할 때, 지느러미는 바다의 서늘한 결을 어느덧 잊겠지. 해변을 산책하는 노부부는 몰락을 거듭하는 태양을 바라보고, 애인들은 언제나처럼 이별을 거듭할 것이다.

이제 모든 것이 끝날 시간이라며 해변은 천천히 눈을 감기 시작한다. 우리의 종種이 생을 다할 때, 모든 애도의 방식은 사라지고 말겠지. 그리하여 하나의 신화가 절멸에 이를 때, 나의 머리와 너의 머리, 그리고 나의 꼬리와 너의 꼬리는 우리의 마지막 심박을 말없이 애도하기로 한다.

개와 늑대의 시간

우리가 어느덧 사라질 전설과 구름을 이야기할 때, 헐벗은 가축들은 우리로 돌아가야 할 저녁과 마주한다. 저물녘의 지평선은 몰려오는 어둠을 향해 조금 더 물러서고, 눈동자 없는 얼굴을 들어 지평선을 바라보면, 이윽고 지평선의 음성은 들을 수도 없는 곳까지 희미해지기 시작한다.

그것은 하늘인가 구름인가 아니면 아득한 지상인가. 오래도록 비가 오지 않는 계절이 대평원의 곳곳을 서성일 때, 사제들의 음성은 죽어 버린 신들을 소환하려 한다. 그러나 예배당마다 가득한 흐느낌은 주인을 알 수 없는 짐승들의 잘린 혀.

구름은 화석처럼 오래도록 대평원의 하늘에 묶여 있고, 그것은 마치 어젯밤 꿈처럼 가깝고도 먼 곳이다. 난파된 중세의 탐험선이 발굴되면 그곳으로부터 깨어날 수 없는 꿈은 바스러지기 시작하지. 그리하여 지평선을 가로지르는 사제들의 행렬이 어느덧 죽음과 닮아 갈 때,

나는 어느 곳에도 존재하지 않을 신성을 바라보려 한다. 사제들의 행렬은 끝도 없는 과거와 미래를 기억하려 하는

가. 만장처럼 비가 내리고, 지상과 공중의 원근법은 분간할 수 없는 허공을 슬퍼하려 한다. 그리하여 지평선마다 어느새 구름은 무너지고, 그것은 하늘인가. 구름인가. 아니면 아득한 지상인가.

플라세보

당신은 아직도 죽음을 믿을 수 없습니까. 전화벨이 울리면 적막은 고개를 돌려 문득 당신을 바라봅니다. 우편함에 헤어진 연인으로부터 온 편지는 있습니까. 얼어붙은 바람은 커튼을 지나, 말라 버린 한 끼 밥그릇을 지나 당신에게 당도합니다.

당신이 그어 놓은 달력의 기념일은 이제 쓸모없는 과거가 되었습니다. 당신의 눈은 텅 비어 무너지는 하늘을 말하고, 당신은 여전히 죽음을 믿을 수 없습니다. 당신은 아무 말도 하지 못하고, 가지런한 당신의 손만이 이불 밖으로 서글플 뿐입니다.

당신의 손은 한 줌 햇빛을 앞에 두고 적막을 망설입니다. 당신은 정갈한 사람이므로, 바짝 마른 당신의 싱크대는 깨끗하고 옷장에는 동그랗게 말아 놓은 양말들이 가득할 테지요. 썩는 것조차 허락되지 않은 밤과 낮을, 당신은 흐느낄 수조차 없습니다.

전화벨이 울릴 때마다 마지막 숨이 흐느끼는 것도 같았지만, 당신의 죽음만이 여전히 생생합니다. 당신의 머리맡

에는 유리로 된 컵이 있습니다. 연필이 있습니다. 시계가 있습니다. 그리고 꽃무늬 레이스가 달린 커튼이 있습니다.

　당신은 아직도 죽음을 믿을 수 없습니까. 물비린내가 피어오를 때, 텅 빈 공중은 불길한 소문이 되어 갑니다. 그러나 당신은 여전히 누워 천장을 바라볼 뿐이고, 쓸모없는 기념일을 떠올리며 당신은 끝나지 않은 밤과 낮을 위무하려 합니다.

파일럿

무섭지 않았어요. 복엽기의 날개는 빛이 났고요. 구름 한 점 없는 하늘에 두려움이나 망설임 따위는 없었어요. 흐느끼지 않고 죽을 수만 있다면, 기억나지 않는 지평선 너머로 날아가는 것도 두렵지 않습니다. 끝도 없는 지상을 날아가면,

닿을 수 없는 대륙의 끝과 해안선은 펼쳐집니까. 그곳에 어둠이 물러서지 않은 빛과, 빛이 되지 못한 어둠은 몰락을 되새기며 공중을 장악하려 합니다. 복엽기가 가로지른 하늘의 이편과 저편에서 당신과 누군가는 마주 보며 눈물을 흘립니다.

그것은 흐느낌을 거듭하는 당신의 얼굴들이고 고개조차 돌리지 못하는 누군가의 침묵입니다. 침묵을 고백하기 위해 지평선 너머로 날아갈 때. 당신은 지상의 끝을 떠올리며 지워지지 않는 자오선을 종단하고 싶습니다.

하늘의 끝에서 무너지는 허공처럼, 당신은 복엽기의 끝나지 않는 추락을 상상합니다. 공중의 마지막을 향해 떨어지는 기분을 잊을 수 있을까요. 당신의 음성은 이제 세상의

모든 무기력을 위무하려 합니다. 지상은 여전히 아름답고,

　당신은 이윽고 지평선 너머의 알 수 없는 절망을 예감합
니다. 지평선을 향해 복엽기의 궤적은 죽음조차 두렵지 않
습니다. 복엽기의 날개는 여전히 빛나고, 당신은 이제 최선
을 다해 눈을 감으며 지상을 잊으려 합니다.

드라이플라워

바람이 불어오면 저녁의 채도는 얼마나 더 깊은 곳을 흐느끼는가. 나는 무덤조차 갖지 못하고, 너무나 오래도록 지상을 애도하고 있구나. 저물녘은 나의 온몸을 흐느끼며 더이상 먼 과거를 떠올리려 하지 않는다.

나는 죽음이고, 과거이고, 오래전의 유적처럼 바스러지는 전생이구나. 나의 죽음이 스스로 택한 것인지 아닌지 그것은 알 수 없지만, 구름이 흘러가는 모든 날들은 그저 담담하고 고요했다. 어디선가 바람이 불어오고, 먼 곳을 향해 가는 나의 몸은

이윽고 썩고, 마르고, 바람에 날려 어제의 일들조차 기억할 수 없게 되었구나. 나는 이제 눈물조차 흘릴 수 없으므로 조금은 서글퍼지려 한다. 필경사가 기록하지 못한 오래전의 이야기처럼, 나는 이제 잊히고, 사라지고,

그리하여 침묵 속을 영원히 배회하게 될 것이다. 한 줌 흙조차 쥐지 못한 내 손의 뼈마디마다 오래전의 슬픔은 아직도 선명하게 누군가를 두근거리고 있다. 어디선가 동백의 흐느낌은 들리는가. 나는 여기 누워 오래도록 메마른 하늘

을 그저 바라보려 한다. 천천히 고개를 돌린 햇볕이

    매장되지 못한 나의 과거를 바라볼 때, 바람이 나의 텅 빈 입과 눈의 유골을 망설일 때, 어디선가 들려오는 피리 소리를 들으며 나는 무덤조차 갖지 못한다. 심장의 두근거림이 무너진 곳마다 폐허는 비롯되고, 모든 지상의 애도는 이제, 저녁의 채도로부터 오늘 밤을 영원히 잊지 않고 싶어진다.

스톡홀름

스톡홀름의 여름은 설득력 있게 시작되고, 그런 낮에 우리는 그저 스톡홀름의 환영을 희망할 뿐이다. 강물은 평화롭고 연어의 아가미는 여전히 온 힘을 다해 죽음을 호흡하고 있구나. 그리하여 스톡홀름의 강변은 완전한 저녁이 되고,

누군가는 화해의 눈물을 흘리기 시작한다. 스톡홀름의 붉은 벽돌집에서 엄마들은 사산된 태아를 흐느끼며, 이해할 수 없는 모든 세계를 이해하려 한다. 사산된 태아들은 어느 밤의 지하실을 흐느끼는데, 첨벙첨벙 울음을 터트리는 태아들을 품에 안고 엄마들은 어느새 한쪽 면이 사라진 하늘을 볼 수 없다.

하늘이 무너지면 그것은 종말인가. 아니면 사산된 태아가 부르는 최초의 찬송인가. 지하실을 흐느끼는 태아들을 앞에 두고 용서와 화해는 믿을 수 없는 서사를 우리 앞에 펼쳐 보인다. 그러나 마주 오는 트럭으로부터 거대한 돌무더기는 쏟아지고

붉은 벽돌집의 굴뚝을 걸어 나오는 연기는 목가를 기원하

지 않는다. 굴뚝에서 엄마들은 숨 막히는 투신을 거듭하고, 슬픔과 비명은 어느 곳으로도 흩어지지 않으려 한다. 누군 가의 총구가 누군가를 겨눌 때 그러나 지평선은 아름답게 저물기 시작한다. 삶과 죽음이 한 몸인지 알 수 없는 것처럼

스톡홀름의 낮과 밤이 하나의 흐느낌인지도 알 수 없구 나. 상류로 거슬러 오르는 연어 떼의 아가미는 끝도 없는 퇴 행을 거듭하려 한다. 어느덧 두려움이 사라지면 그곳은 온 통 아름답게 흐르는 핏빛 강물뿐이고, 스톡홀름의 여름은 설득력 있게 종말을 맞이하려 한다.

일 년 전의 낮과 밤과 당신과

돌이킬 수 없는 병이라지. 당신은 마지막 숨을 몰아쉬고, 끝도 없는 지평선과 헤아릴 수 없는 낮과 밤을 떠올리며 고생대처럼 침묵을 시작한다. 당신이 나의 손을 잡을 때, 아직도 일 년 전의 낮과 밤처럼 당신은 펼쳐지고 싶어진다.

그러나 파기된 예배당의 복음처럼, 믿을 수 없는 약속만이 오늘 밤을 기원하려 한다. 당신과 나의 손을 마주하면, 죽을 수 없는 오늘 밤은 이윽고 마지막 숨을 수긍하려 한다. 발굴되지 않은 유적지의 이야기가 어느덧 흘러나오는 밤이거나, 사막에서 최후를 맞이한 동물들의 사체가 뜨겁게 말라 가기 시작할 때,

당신은 마지막 숨을 내쉬며 되돌릴 수 없는 일 년 전을 흐느끼기 시작한다. 끝도 없는 지평선과, 헤아릴 수 없는 낮과 밤이 전생처럼 사라지는구나. 당신은 이제 헤아릴 수 없는 낮과 밤을 기억하지 않으려 한다. 예감할 수 없는 낮과 밤이 천천히 고개를 돌려 당신을 바라보기 시작한다.

한낮의 태양처럼, 그리하여 한밤의 두려움처럼 메마른 숲과 강의 음성은 당신의 손금을 파기하려 한다. 이제, 돌

이킬 수 없는 심박처럼 당신의 온몸은 두려움을 두근거린다. 그리하여 내일 밤은 이윽고 펼쳐질 것인가.

　돌이킬 수 없는 병이라지. 당신의 마지막이 일 년 전의 낮과 밤을 회고하면, 죽음은 어느덧 점령군처럼 당신을 배회하기 시작한다. 그리하여 당신의 낮과 밤은 영원토록 어제를 서성이고 싶어진다.

고전적인 밤의 익사체

　고전적인 밤이 시작되면 어느새 늙어 버린, 익사체는 떠오른다. 연인들은 고전적인 밤의 어둠 속에서 불구가 된 미래를 예감하기 시작하고 폐허를 복기하는 밤의 지붕마다 잊을 수 없는 흐느낌은 쏟아지기 시작한다. 연인들의 음성이 들려오는 순간마다 익사체의 주름진 손등은 불구가 된 밤의 이야기를 어루만지려 하지만,

　알 수가 없지. 흐느낌은 언제나처럼 고전적인 밤과 연인들의 사랑을 적막하게 배회할 뿐이다. 그리하여 결말을 알 수 없는 이야기는 불길한 허밍과 함께 끝나지 않을 기승전결을 시작하려 한다. 그것은 마치 휴일의 타워크레인에 유기된 그 무엇처럼, 은밀하고 음험하게 도사리고 있다. 방갈로의 낚시꾼은 밤새도록 입질 없는 낚싯대만 바라보고,

　연인들의 사랑은 불길한 오늘 밤을 절정하기 시작한다. 검고 깊은 어둠을 부려, 밤은 오로지 고전적인 밤의 불길함과 두려움이 되어 갈 뿐이다. 그러므로 고전적인 밤이 시작되면 늙어 버린 익사체는 그저 고전적인 밤의 수면을 느낄 뿐이다. 익사체가 고개를 돌려 고전적인 밤의 저편을 바라보면

>

타워크레인마다 매달린 누군가의 음성이 들리는 듯도 하였다. 어둠 너머에서 연인들의 사랑은 절정에 이르는가. 그러나 고전적인 밤이었으므로 연인들은 오로지 어둠만을 생각하기로 한다. 그리하여 고전적인 밤은 그저 끝을 알 수 없는 어둠을 흐느끼기로 한다.

알레고리아

그것은 해안선을 뒤덮은 나뭇가지입니까. 아니면 오래 전에 사라진 당신의 아들입니까. 잉태할 수 없는 밤들은 무수히 반복되며 누군가의 밤들을 이야기하고, 구름과 하늘과 숲의 전설은 목적지가 어느 곳인 바람을 끝도 없이 복기할 뿐입니다.

부러진 나뭇가지는 해변을 서성이며 불행한 밤이 되어갑니다. 당신의 아들은 여전히 돌아올 줄 모르는데, 당신을 닮은 아이들은 끝도 없이 태어나기를 반복합니다. 바람의 좌표를 천천히 회고할 때마다 도래할 수 없는 진실은 얼마나 명백해집니까.

거울을 들여다보면 그곳에 당신은 있습니까. 아니면 숲과 바람과 하늘이 거울 속의 당신처럼 펼쳐집니까. 거울 속의 당신이 진부하게 눈물을 흘리면 거울 밖의 세계는 사라지기 시작합니다. 불행한 결말처럼 거울 속의 빌딩과 굴뚝과 수많은 거리들이 무너지면

파도는 절벽을 앞에 두고 무엇을 망설입니까. 파도는 끊임없이 밀려오고, 해변은 이윽고 지루해지기로 합니다. 해

변의 연인들은 흔해 빠진 사랑을 나누고, 그들의 키스는 끝날 줄을 모릅니다. 해변의 연인들을 바라보며 당신은, 장엄한 태양만으로도 저녁은 충분히 진부하다고 생각합니다.

신들의 음성이 당신을 호명할 때, 그것은 누구의 이야기입니까. 모든 불행은 거울 속의 당신입니까. 해안선에 당신을 닮은 아이들은 사산된 채 끊임없이 밀려오고, 문득 뒤를 돌아보면 거울 속의 당신은 어느새 사라지고 없습니까.

제3부 난센

난센*
—첫 번째 이야기

쓰레기장으로부터 불길이 솟아오르면 정주할 수 없는 날들의 폐허는 시작됩니다. 대피할 사람들은 어디에 있습니까. 소방관은 언제쯤 도착합니까. 유기된 시신들이 불길 속을 걸어 나오면 그러나 그것은 누구의 장례식도 아닙니다. 장의차는 무덤이 아닌 불길 속을 향해 맹렬히 흐느끼고, 이곳에선 그 누구도 죽을 수조차 없습니다. 모든 폐허는 이곳으로 수렴됩니다. 그러나 연기 너머로 사라진 길의 끝은 막다른 곳에 이르러 울음을 터뜨리고 있습니까. 아니면 해변으로부터 죽음은 천천히 불길 속을 절망합니까. 쓰레기장을 향해 트럭들은 확언할 수 없는 세계와 끝나지 않는 과거만을 부려 놓습니다. 모든 것들은 이곳으로 모이며 폐기된 미래만을 슬퍼합니다. 이 불이 끝나야 비는 내립니까. 장마가 시작되기도 전에 가을은 높고 푸릅니까. 앨범 속의 누군가가 타오르며 웃고 있다면 그곳은 동물원입니까. 아니면 졸업식장의 헹가래입니까. 쓰레기장의 관리인은 불길을 방치한 채 오늘 밤을 천천히 폐기하려 합니다. 쓰레기장의 불길은 아직도 잡히지 않고, 불길 속으로 수많은 길들은 막다른 곳을 향해 흐느끼고 유령처럼 사라지고 맙니다. 그것은 쓸모 있는 날입니까. 길의 끝이 불길 속을 향해 아무렇게나 뛰어들어도 소방차는 여전히 당도하지 않습니다. 부질없는 모든 것처럼, 폐기된 세계는 불길 속을 비명합니다. 동사무소의 직원들은 친절하게 전화를 받습니까. 그리하여 그것은 사망신고입니까. 아니면 내일 밤의 끝나지 않을 예비군 훈련입니까. *나는 이곳에 없다*는 구호만이 사방에 메아리칩니다. 폭풍이 물러가면 아름다운 수평선은 출렁이지만 폐기된 오늘 밤은 불길 속에 영원히 타오릅니다. 불길 속의 흐느낌은 유령입니까. 다가설 수 없는 미래는 그리하여 끊임없이 침몰을 거듭합니까.

• 난센: 난센여권. 무국적 난민을 위해 발행하는 국제적인 신분증.

난센
—두 번째 이야기

바람이 불어오면 어느새 아침은 펼쳐지는가. 공원은 산책 나온 사람들로 가득하고, 그러나 침몰하는 여객선에서 슬픔은 전송되지 않는다. 피크닉의 도시락 뚜껑을 열 때, 그것은 정주할 수 없는 누군가의 일용할 양식인가. 아니면 하굣길의 즐거운 빈 도시락과 리듬인가. 그리하여 집으로 돌아가는 길 위로 누군가의 행과 불행은 오늘 하루를 망설이기 시작한다.

횡단보도 앞에 선 노파가 문득 왼쪽으로 난 숲길로 들어설 때, 빌딩이 조금씩 기울어질 때, 어느새 바람은 망각을 거듭하려 한다. 횡단보도 앞의 솜사탕이 거대하게 부풀어오르면, 그것은 이윽고 휴일인가 아니면 오래전에 잊힌 행과 불행인가.

피크닉을 펼쳐 놓은 신문지에서 닿을 수 없는 국경이 흘러나오면, 그것은 폐쇄된 국경인가. 아니면 증명할 수 없는 죽음들의, 흘릴 수 없는 눈물인가. 구름은 평화롭게 흩어지고, 비행운마다 먼 곳에서 들려오는 슬픔과 비명은 기억되지 않는다. 계곡마다 비행기의 잔해와 시신들은 타오르기 시작하고, 죽을 수조차 없는 누군가는 영원토록 깊은 바다를 흐느끼려 한다.

비행운은 소멸을 복기하며 어떻게 하늘이 되어 가는가. 그것은 구름을 펼쳐 어느 순간의 비극을 위무하려 하지만 구름은 영원토록 복원될 수 없는 미래가 될 뿐이다. 비행운이 하늘을 가로질러 정주할 수 없는 과거를 흐느끼기 시작한다. 천천히 하늘이 사라지기 시작할 때, 식육점의 간판에 불이 켜질 때, 어느덧 갑자기 버스는 당도하고

국경은 무너지는가. 숲길은 이윽고 뒤를 돌아보는 노파를 마지막으로 폐쇄되고, 모든 과거는 기억할 수 없는 수평선이 되어 가기 시작한다. 산책을 하는 누군가가 솜사탕 앞에 서도 신호등은 바뀌지 않는다. 모든 것들의 끝은 구름인가 아닌가. 집으로 돌아가는 길은 어느새 기억할 수 없는 몰락인가 혹은 피크닉의 도시락인가.

난센
—세 번째 이야기

당신이 그것을 환멸이라 부를 때, 도륙당한 오늘 밤은 사라지고 없습니다. 세계의 모든 진리를 향해 멘토들은 불온하고, 환멸은 타오르는 상여처럼 무덤을 향해 정주할 수 없습니다. 국경일의 텔레비전은 상투적인 지리멸렬을 회고합니까. 아니면 여관마다 헤어진 연인들은 절정을 흐느낍니까. 휴일의 신호등 없는 교차로에서 멈출 수 없는 환멸은 비롯되고, 신호 대기 중인 트럭에서 채 자라지 못한 가축들은 쏟아집니다. 몸통도 없이 쏟아지는 가축들의 울음은 환멸을 향해 거세됩니까. 당신이 그것을 환멸이라 부를 때, 그것은 과연 무엇입니까. 당신은 누군가의 딸로 태어났습니다. 그것은 침묵입니까. 아니면 국경을 이야기할 수 없는 절망입니까. 동물원의 미아보호소에 버려진, 길 잃은 아이들은 사산된 오늘입니다. 그러나 그 누구도 태어날 수 없을 때, 모든 애도의 방식은 사라지고 없습니다. 그것은 국경 너머의 불길한 소문입니까. 아니면 애도할 수 없는 침묵입니까. 연착을 거듭하며 여객기는 정처 없는 오늘 밤을 침묵하려 합니다. 당신은 누군가의 딸로 태어난 오늘 밤을 잊을 수 없습니까. 당신이 그것을 환멸이라 부를 때, 때 이른 철쭉은 어느새 시들기 시작하고, 철거 예정인 건물마다 정주할 수 없는 흐느낌은 펄럭입니까. 비행운이 하늘을 가로지르는 밤은 그러나 신뢰할 수 없다고, 당신은 도륙당한 국경처럼 오늘 밤을 애도합니다. 그리하여 누군가 투신을 거듭하면 그것은 버려진 고양이입니까. 아니면 도로를 가로지르지 못한 늙은 두꺼비 떼입니까.

난센

—네 번째 이야기

국경이 폐쇄되면 살육의 역사는 시작된다. 잠을 이룰 수 없는 밤들은 닿을 수 없는 해발의 어느 지점을 기억하고 싶어지고, 무덤들은 입을 벌린 채 오늘 밤을 흐느낀다.

비가 그치면 자작나무 숲은 불에 타오르기 시작할 것이다. 바다 너머로부터 들려오는 소문은 불길에 휩싸인 채 이국의 언어로 말을 걸어오고, 더 이상 두렵지 않은 밤들은 존재할 수 없다며

나무들은 서둘러 오늘 밤을 거두어들인다. 나무들의 수관마다 불길한 예감이 차오르면, 국경의 밤은 마지막 이야기를 들려주지 못한다. 땅을 파면 떠날 수 없었던 죽음은 언제나 흘러나온다.

국경이 폐쇄되면 종언을 고하지 못한 이들의 행렬은 천천히 무덤을 향해 걸어 들어갈 것이다. 해변에는 불에 탄 방풍림이 천천히 무너지고 있는 중이다. 파도가 밀려오면

침몰한 오늘 밤은 묵념처럼 고요해지기로 한다. 해변을 따라 걷는 바다가 천천히 무덤들을 고백한다. 그리하여 건

널 수 없는 곳으로부터 시신들은 밀려오고 밀려가고

먼바다를 향해 흐느낌은 영원토록 출렁이기 시작한다.

난센
—다섯 번째 이야기

이곳은 당신이 사랑하는 해변이다
당신의 해변이므로

해변을 사랑할 수 있는 이는 오로지
당신이어야만 한다

당신의 해변에는
비치발리볼을 하고 있는 연인들로 가득하고
해변의 발리볼은
아름다운 순간만을 향해 화사해야 한다고

당신은 생각한다. 그러나

당신의 해변을 바라보는 누군가는 가끔씩
오늘 밤이 슬퍼지려 한다

당신의 해변은
갈 수 없는 길로 가득하고
불길한 파도가 끝도 없이 밀려오며
들어서는 안 되는 이야기는 불온하게 당신을 속삭인다

당신은

사랑하는 연인들로 가득한 해변과
익숙한 모든 관계와 사랑에 대해서만
생각하기로 한다

당신은

아무것도 믿을 수 없다고 중얼거리기 시작하고
아무것도 믿을 수 없으므로 당신은

오로지 당신의 해변만을 사랑하기로 한다
파도가 밀려오면 당신은
먼 이국으로부터 출렁이는 악몽을 꾸지만

악몽은 언제나
당신의 해변으로부터 걸어 나와
당신을 서성였을 뿐이다

이곳은 당신이 사랑하는 해변이다

그러나 이곳은

당신도 사랑하는 해변이다
해변은 언제나처럼 아름답고
누군가는 가끔씩

오늘 밤이 슬퍼지려 한다

제4부 모나카와 슬픔과 모든 애도의 밤

동물원과 기린과 헤어질 수 없는 연인들

모든 것은 불안과 질투 때문이라고 말하고 싶어진다
헤어질 수 없는 연인들은 언제나 다정하고

동물원의 사육사만이 믿을 수 없는 거대한 슬픔과 마주한다
기린은 목을 빼고 닿을 수 없는 높이가 되어 가는데

베란다에 널어 놓은 빨래를
아무도 걷지 않는 밤이다

창밖에는 그저 버려진 캔들만 굴러다닐 뿐
헤어질 수 없는 연인들은 단단한 연대를 버리지 못하고,
그러나 오래지 않은 추억은
잊을 수 없는 슬픔을 소환하기도 한다

헤어질 수 없는 연인들은 동물원의 입구에서 망설이는데
동물원의 매표원은 친절하고

기린의 목이 저물녘을 향해 조금 더 길어진다
기린의 목이 길어지면

>

헤어질 수 없는 연인들은 어쩌면 슬픔과 상처 쪽으로 걸어갈지 모른다
그러나 어느 곳으로부터 슬픔이 오는지 알지 못하므로
헤어질 수 없는 연인들은 결코 이별을 노래하지 못한다

나는 기린 그림을 그리는 화가를 알고 있다
기린 그림을 그리는 화가는 다정하고
그러나 그는 매일 밤
기린의 슬픔을 정면으로 응시하며 술을 마신다

고통 속에 기쁨이 없다는 것쯤은 누구나 알고 있다
그리하여 기린이 당신의 뺨을 핥는다면
당신의 심장을 나는 두근거릴 수 있는가

폐장 시간이 다가온 동물원은 아직도
어둠이 익숙지 않으며
기린의 목은 아직 충분히 길지 않으므로
연인들은 언제나 다정한 연대를 희망하려 한다

모든 것은 불안과 질투로부터 비롯되는가

그러므로 나는
기린의 목이 닿을 수 없는 높이가 되지 않기를 기원하고
세계는 그저
말할 수 없는 비밀과 관계로 가득하기를 바랄 뿐이다

비가 온다면 당신과 우산을 쓸 텐데
헤어질 수 없는 연인들은 최선을 다해 손을 잡으려 한다

그리하여 오늘 밤은
기린의 목이 충분히 길어지지 않는 내일 밤이고
헤어질 수 없는 연인들은
닿을 수 없는 저물녘의 침묵을
이제는 바라보려 하지 않는다

해변의 산책

잊을 수 없는 밤을 생각한다
그것은 닿을 수 없는 구름이고
씻기 힘든 자책이며
되돌릴 수 없는 신앙이다

바닷가를 배회하는 늙은 개를 본 적 있다
더러운 구름을 핥으며,
죽음을 기다리는 저녁처럼 늙은 개는
어둠을 향해 천천히 지워지려 한다

느리게 일렁이는 핏빛 해안선이 있다

향유고래는 매우 큰 꼬리지느러미와
파도에 밀려온 죽음을 가지고 있고

해안선은 그저 쓸모없는 오늘 밤을 애도하려 한다

모든 것이 끝에 다다를 때
믿을 수 없는 광경은 펼쳐지기 마련이지

>
그것은 믿을 수 없는 것들이며
장엄함의 끝도 없는 애도를 예비하는 순간이다
모든 불운은 장엄함으로부터 오는가

눈보라를 뚫고 당도한 신화처럼
세상은 믿을 수 없는 일들로 가득하다
그리고
개는 여전히 더러운 구름을 핥으며
바닷가의 쓸모없는 저녁을 배회하고 있다

그리하여
무수한 죽음들이 저물녘의 심박으로부터 걸어 나오고
나는 여전히
충분히 늙지 않은 어느 밤의 해안선과

매우 큰 꼬리지느러미를 가진
향유고래의 최후를 생각한다

태극당 모나카와 어느 오후의 줄줄줄

쓸쓸해지면 모나카를 먹도록 한다

태극당에 들러 모나카를 사다 줘

아이스크림의 거짓말 같은 달콤함을 나는 잊지 못하므로
우리의 모든 전생은 이윽고
쓸모없는 거짓에 이르고자 한다

그러나 모나카를 먹으면
그것은 닿을 수 없는 누군가의 음성

성간우주로 날아간 보이저호는
어디쯤 가고 있을까?
안드로메다의 폐허는 이미 오래전에 사라진 엄마의 울
음을 애써 삼키려 한다. 한 번도 가본 적 없는 곳으로부터
거짓은 진실을 낳고
진실은 부화되지 않는 오리알처럼 양재천을 따라 더럽
게 흘러갈 것이다

외롭고 무서워

이렇게 외롭고 무서울 때

태극당에 들러 모나카를 사다 줘
달콤하게 줄줄줄 흘러나오는 거짓말을 하고 싶어

점심은 먹었어?라고 묻는 나의 허기만 줄줄줄
나의 허기는 언제나 둘 중 하나. 거짓된 진실 혹은 진실
된 거짓만을 말하려 한다

그러나 외롭고 무서운 건
아파트 꼭대기에 빛나는 항공 표시등처럼
영원히 외롭고 혼자 무서운 것
애인을 옆에 두고 전 남친에게 전화를 해도 영원히 외롭
고 혼자 무서운 것

밤새도록 토를 하고
그래도 나는 모나카가 먹고 싶고
그러나 모나카를 먹으며 줄줄줄
흘리는 건 눈물이 아니야

>

모나카를 먹으면 줄줄줄 줄줄줄

닿을 수 없는 우리의 미래가 줄줄줄

그러나 나의 외로움은 언제나 완벽하게 슬픔을 이해하고 싶지 않다

달리기를 하면 숨이 차지만, 달리지 않으면 영원히 혼자 외롭고 무서워. 쓸쓸해지면 모나카를 먹도록 한다. 사랑을 흘리는 것처럼 줄줄줄 줄줄줄 아이스크림을 흘리며 모나카를 먹도록 한다.

이렇게 달리면

세계의 끝에 도달할 수 있을 거라고 믿고 싶지만 그곳에 다다를 수 없는 것이 진실이라는 것쯤 나도 이미 알고 있다. 나는 영원히 세계의 끝에 도달하고 싶지 않고

태극당에 들러 당신은 나를 위해 모나카를 사고

나는 줄줄줄 거짓을 흘리며 줄줄줄 진실 같은 거짓만을 이야기하려 한다

모든 외로움이 거짓이라는 걸 당신은 왜 모를까. 낄낄 낄 낄낄낄

>

당신이 내게 저주를 퍼부어도 줄줄줄 줄줄줄 나는 그저 아이스크림을 흘리며 모나카가 먹고 싶을 뿐이다. 게걸스럽게 줄줄줄 나는

오로지 모나카만이 먹고 싶을 뿐이다

보이저호는 이제 곧 교신이 끊어질 테지만 나는 여전히 줄줄줄 아이스크림을 흘리며 모나카를 먹으려 한다

줄줄줄 줄줄줄 쓸모없는 전생에 담겨 모나카를 먹을 때마다

천변은 더러운 소문으로 무성하고

엄마의 울음을 삼키며 나는

미안하지 않은 오늘 밤을 오랫동안 조롱할 뿐이다. 줄줄줄 줄줄줄

낄낄낄 낄낄낄

세계의 끝과 여전히 다정한 연인들

난 어제 지평선을 향해 끝도 없이 걸었고
하이힐을 또각또각
밤새 다리가 아팠어

당신이 고마웠고
그러나 당신은 연애를 모르지
그리하여

우리는 영원토록 연애를 할 수 없을까?
하지만 나는 문득 당신의 음성을 낭독하고 싶어진다

전화해 그러나 위험해
지금 우리는 닿을 수 없는 지상을 걸어가려 하잖아

통화는 못 하는 상황이고
사실 말할 힘도 없어요
편지로 남겨 줘요

기차를 타면 종착역에 도착할 수 없을지도 몰라

지평선을 간절하게 걸어도

성당에 가서 기도를 해도 세상의 모든 진심 따위는 믿을 수 없는데

진심을 믿기 시작한 순간 우리는 모두 죽게 될까?

그래도 너는 나보다 일찍 죽으면 안 돼

그런데

갈라파고스의 특별한 종들은 어떻게 세월을 견디나

세계의 모든 위험들은 예언되지 않는 불운

오래된 도시의 성당마다 무너지는 구름은 가득하고

구름 아래 헤어진 엄마는 나를 생각하며 울고 있을까

외롭고 무서워

어쨌든 우리 집 쪽으로 와

시간은 두 시 반에서 세 시 정도

두근거리는 기차를 타고 대륙의 끝까지 간다 해도

모든 것은 되돌릴 수 없는데
나는 당신이 아니어도 하루에도 수십 번 주저앉는데
왜 이럴까

당신이 고마웠고
모든 불안과 두려움과 슬픔은
세계의 끝에서
얼굴조차 기억나지 않는 엄마의 음성을 들려주려 한다

난 어제 지평선을 향해 끝도 없이 걸었고
밤새 다리가 아팠어

소원은 많은데
누구도 내 말을 들어 주지 않아

나는 그저 자판기에서 캔을 꺼내 당신과 함께 나눠 마시고

그리하여 그것은
여전히 다정한 연인들의 진심과

잊을 수 없는,

우리 모두의

두 시 반 혹은 세 시라는 음성

당신의 손등과 동물원과 모든 이별의 전조

열이 나는 것 같아

당신의 손등이 뜨거움을 어루만지면
그것을
슬픔이라 해야 하나

이별을 예고하는 연인들의 발걸음처럼
뜨거움은 모든 이별의 전조

뜨거움을 어루만지는 손등마다
말할 수 없는 통증이 돋아나고

그리하여 여전히
춥고 무서워
텅 빈 골목은
아직도 씻을 수 없는 두려움인데

담요를 덮고 잠들고 싶은 저녁이면
그것을
슬픔이라 해야 하나

>
그런데 나는 그저
동물원에 가고 싶고

리프트를 타고 호수를 지나
바람에 날리는 휴지와 깡통들을 지나면
종일토록 게으른 평일 오후를 만나게 될까

동물원의 야행관마다,
잊을 수 없는 비밀이 나에게 말을 하려 하지만

나는
열이 나는 것 같고

동물원에 갈 수 없으므로
당신의 손등을 마주하고
그 어떤 비애를 바라보려 한다

제3아프리카관에서 바라보는 비행운은 아름다운가
기내식을 먹지 않고 잠들 때
누군가는 추락을 예감하는 악몽을 꾸는가

>
그러나
나의 이마에 댄 당신의 손등은
비극을 예감하지 못한다
나는 열이 날 뿐이고

뜨거움은 그저

흑야의 밤마다 들려오는
외롭고 무서운 이야기처럼
피를 뚝뚝 흘리는 오늘 밤을 견디려 할 뿐이다

터널 속의 기린과 눈물이 마른 소녀들

어둡고 무서운 오늘 밤을 생각한다
터널은 끝이고, 끝으로부터 세상의 모든 불운은 시작
된다고
나는 믿는다

그것은 미칠 것 같은 오늘 밤이고
집으로 돌아가는 길목의 다리는 모두 끊어진 채 폭풍우
를 기다리고 있다

터널 속의 기린을 본 적이 있는가
머리가 천장까지 닿을 듯 느리게 걷는 기린의 오늘 밤
은 그러나

터널 밖의 세상을 모른다
끝을 알 수 없는 어둠 속에서 기린은 천천히 어둠이 되
어 가며 큰 눈을 껌벅여 어둠을 거두어들이려 한다. 그러나

터널 속의 기린은 터널 속의 기린일 뿐이고
물러설 수 없는 벼랑은 터널의 출구에 비명처럼 버티고

서 있다

눈물이 마른 소녀들이 터널의 출구에서 벼랑과 기린과
오늘 밤의 어둠을 통곡하지만, 눈물조차 흐르지 않는 오
늘 밤은
깊고 푸른 악몽을 향해 천천히 고개를 돌리려 한다

마른하늘을 가르는 번개가 지나가면
세상은 경악을 거듭하며 불온한 소문을 웅성일 뿐이다
터널 속의 기린은 여전히 터널 속에 있고, 소녀들은 여전
히 눈물을 흘리지 못하며,

세상의 끝으로부터
모든 불행이 시작된다고 믿고 있는 기린과
소녀들의 무서운 오늘 밤은
추도할 수 없는 어젯밤이 되어
내일 밤의 마른번개를 향해 아득히 멀어져 갈 뿐이다

어둡고 무서운 오늘 밤을 생각한다

그것은 미칠 것 같은 오늘 밤이고,
기린과 소녀는 세상의 끝을 향해 걸어 들어가며
모든 불행의 기원을 영원토록 복기하려 한다

이야기의 끝과 시작처럼

나는 밤마다 길을 잃고 떠도는
어느 소녀의 이야기를 알고 있다
소녀의 끊어진 발목마다 흘러나오는
돌이킬 수 없는 옛날이야기도 알고 있다

옛날이야기의 핏빛 음성마다

가갸거겨고교구규

소녀는 매일 밤을 앓고 있고
나는

국경 너머,
아무것도 예언할 수 없는 샤먼의 집에 다녀오는
어느 소녀의 매일 밤을 알고 있다

바람이 불면 샤먼의 담벼락마다 방울 소리는
대륙을 횡단하는 열차처럼 덜컹거리겠지
기원을 알 수 없는 깃발과
종을 짐작할 수 없는 짐승의 머리뼈는

지평선 너머를 외면하며 이제 그만 캄캄하게 눈 감으려 한다

모래 폭풍 속의 샤먼의 예언처럼
비극은 예측할 수 없는 선언이고

아무것도 기억할 수 없는 밤마다
무너져 내리는 건
오래전에 잃어버린 다수결의 음성이다

투신하는 아버지를 바라보는 상상은
아무런 이야기도 만들어 내지 못한다
쓸모없는 원고지의 칸칸마다
말할 수 없는 혀들이

가갸거겨고교구규

말할 수 없는 진실을 입에 담지도 못하고
그저 끝나지 않는 비극과
꿈꿀 수 없는 혁명을 꿈틀꿈틀 앓으려 한다

\>

보름달이 뜨지 않는 밤마다
노숙자는 누군가의 칼에 찔린 채
하수구의 흘러가는 더러움을 듣는다

하필이면 내일 밤은 아버지의 기일이고
아무것도 잊히지 않는 불행들은
더 이상의 동화를 만들어 내지 못한다

이따금 성당에 가서 기도를 하면
아직도 울고 있는 슬픔이 있다

성당의 불이 꺼지면
두렵고 무서운 밤마다
아무도 나를 발견하지 못할 것이다

거짓말이 배회하는 밤이면
쓸모없는 양심과 이성
양떼구름의 쓸쓸함 따위는 사라지기 시작하겠지

모텔 입구를 마지막으로 헤어진

오래전의 연인을 떠올리는 것처럼
그 모든 이야기는 어느새 쓸모없는 역사와
되돌릴 수 없는 파국을 예비하려 한다

가갸거겨고교구규

말할 수 없는 종의 언어는
예언할 수 없는 샤먼의 언어처럼 더듬더듬
끊어진 소녀의 발목으로부터 흘러나오는
세상 모든 이야기의 끝과 시작을
어느덧 잊어버리려 한다

엘리펀트

바람이 불어오면 초원은 적막했다. 비가 오지 않는 밤이면 바스러지는 어둠은 지상을 애도하기 시작하지. 죽음을 목전에 둔 자의 무덤은 어디에 있나. 무덤 속으로 걸어 들어가는 자의 음성이 들려오면 숲의 전설은 천천히 죽음을 흐느끼려 한다. 애초를 알 수 없는 비밀처럼 죽음은 고요하고, 초원에 나부끼는 뼈들의 울음은 모든 지상을 애도하기 시작한다. 누군가의 발은 먼 곳에 있는 불운을 직감하며 절망을 복기하기 시작하고, 죽음을 애도하는 것은 오래된 관습. 그러나 그것은 익숙해지지 않는 영원이구나. 바람은 끝도 없이 불어오고 초원은 평화롭기 그지없다. 이제 이곳은 텅 빈 슬픔이고, 영원토록 잊을 수 없는 전생이며 아무렇지도 않게 펼쳐진 오늘이다. 비가 오지 않는 낮과 밤은 적막한 허기처럼 텅 빈 고요이다. 그리하여 지상을 움켜쥔 초원의 뿌리는 흔적도 없는 해변의 문양처럼 사라지려 하는구나. 전생의 모든 기억을 앞에 두고 잊을 수 없는 절망은 온 힘을 다해 뒤를 돌아보려 한다. 죽은 자의 심장은 모든 전생을 기억하지만, 그것은 더 이상 두근거리는 오늘을 음각하지 못한다. 심장에 자신의 이를 박고 죽은 자의 환영처럼, 죽음은 믿을 수 없는 것이더냐. 말라 죽은 나무에 앉은 새는 죽은 고기를 원하는가. 이제 해가 지려 하는구나. 장엄함도 없이, 어둠이 몰려오는 지평선 너머는 오래된 비명으로 가득 차오른다. 긴 코를 가진 짐승의 연원은 끝을 알 수 없는 어둠 속을 배회하고, 전생으로부터 모든 뼈들의 통곡은 슬픔을 거듭하려 한다.

* 일부 문장을 레이첼 야마가타의 노래 〈Elephants〉에서 차용함.

구름의 경로

　구름은 닿을 수 없는 공중을 향해 끝도 없는 슬픔을 반복하려 한다. 그리하여 죽은 자들의 서사는 시작되고, 구름은 공유할 수 없는 과거와 오늘과 미래를 따라 천천히 하나의 역사를 완성하고자 한다. 구름의 아래에서,

　마시멜로를 먹고 싶은 소녀는 무럭무럭 늙어 가며 구름의 경로가 궁금하지만 구름은 이내 공중이 되어 소멸에 이르기로 한다. 비를 맞으며 소녀는 눈물을 흘리고 싶다. 그러나 선언문처럼 맹렬하게 비가 쏟아지는 날은 쉽게 오지 않는다.

　하늘은 맑고 청명하며 세상은 아무 일도 일어나지 않을 것이다. 그러나 나는 그것을 고요라 부를 수 없고, 고요는 아주 먼 곳에 있으므로 오늘은 그저 아무 것도 기억할 수 없는 밤을 맞이하려 한다. 저수지에 빠져 죽은 자들이 걸어 나오는 저물녘이면

　산책 나온 이들은 불길한 어젯밤의 꿈을 복기하고 싶어진다. 도로를 가로지르는 아이들이 숨을 거두는 꿈을 꿀 때. 구름은 저물녘의 빛을 받아 어둠을 예비하기 시작하지. 그

리하여 그것은 드물지 않은 아름다움이라고, 산책 나온 이들은 모두 흐느끼며 입을 모은다.

아무도 구름의 경로를 알 수 없으므로 이제 오늘 밤은 아무렇지도 않은 비밀로 가득 찰 것이다. 마시멜로를 먹고 싶은 소녀가 집으로 돌아가는 길은 끝도 없이 무너지며 되돌릴 수 없는 저물녘의 슬픔으로 가득 차오르려 한다.

비밀의 끝에 구름이 있고, 구름의 펼쳐지지 않은 경로의 끝을 향해 모래바람이 불어오지만, 단지 그것뿐이었다. 아무 일도 일어날 수 없었으므로 저물녘과 오늘 밤은 오로지 타는 듯한 갈증만을 떠올리기로 한다. 오늘 밤이 지나면

누군가의 생애는 저물거나 시작될 것이다. 자작나무 숲에서 길을 잃은 사람들은 온통 이름 없는 이들뿐이라지. 숲의 너머에서 들려오는 전설은 저물녘과 깊은 밤을 통곡하려하고, 지상에는 죽을 수 없는 신들의 음성이 오래된 폐허 속에서 피를 토하고 있다.

구름은 이윽고, 오늘 하루를 마무리하려 한다. 그러나

구름은 매장되지 않은 시신이 버려진 들판을 배회하며, 밤
새 또 다른 지상을 서성일 것이다. 어둡고 창백한 묵념을
뚝뚝 흘리며, 추모의 밤을 그저 오래도록 기원하려 할 것
이다. 구름은

얼음 물고기*

폭설이 내리면 죽음에 이르는 얼음 물고기가 있다지
얼음 속의 얼음이 되어 가며
견딜 수 없는 높이와 깊이를 상상하는
그런 슬픔이 있다지

모든 것은 얼음이고
이제 아무것도 볼 수 없는 한 생이 명징하고 분명하게 사
라지려 한다

얼음의 바깥에는 무심한 구름이며 바람
숲속에는 텅 빈 캐리어

얼음 속에 갇혀 얼음이 되어 가는 기분은 어떤 것일까
얼어 죽을 수 있다면 모든
고통과 좌절
허무와 상실
회한과 절망 따위들은
분명해지려나

씻을 수 없는 상처가 흘러나오면
누군가의 눈동자는 이제

믿을 수 없는 슬픔과 상처를 떠올릴 것이다

얼음 물고기는 점점 투명해지는 몸을 경험하며 더 이상
슬퍼하지 않기로 한다.
죽음은 쓸모없는 것이고
얼음의 바깥에는 이제 아무것도 볼 수 없는 투명하고 명
징한 순간들로 가득하니

심장에 꽂힌 칼의 두근거림과
얼음 눈물의 투명한 참혹을 떠올린다 한들
무슨 소용이 있겠는가

얼음 물고기
얼음 물고기
얼음 속의 얼음이 되어 가는 얼음 눈물과
얼음 물고기

명징한 폭설 속으로 성큼성큼 걸어가는 꿈을 꾸면
거대한 눈사람과 만날 수 있으려나

>

소멸의 명징함은 이제 폭설 속으로 성큼성큼 걸어가 거대
한 눈사람이 되려 한다

단단하게 사라지는 얼음 물고기와 함께
숲의 빙점에 누워 잠이 들면
얼음 속의 얼음이 되어 가는 기분을 느낄 수 있다지

견딜 수 없는 높이와 깊이와
얼음 물고기의 돌이킬 수 없는 빙점과,
영원히 깨어나지 않는

참혹을 느낄 수 있다지

* 얼음 물고기: 김민희 시인의 시 「폴리그래프 27−얼음 물고기」.

수면의 배후

수면에 비친 나무와 새들이 무너지기 시작하면, 당신은 기록될 수 없는 역사에 종언을 고한다. 그리하여 어느덧 구름은 사라지고, 믿을 수 없는 사건들은 유령을 흐느끼며 진실에 조금 더 가까워지려 한다. 수면의 경계로부터 모든 배후는 시작되는가. 아니면

수면의 경계로부터 모든 것은 사라지고 마는가. 나무와 새들과 확언할 수 없는 예언이 무너질 때, 이윽고 수면은 폐기되기 시작하고, 수면 위로 날아오르는 것을 그러나 당신은 바라볼 수 없다. 수면으로부터 모든 것이 무너지고 사라질 때, 우리는 과연 배후에 가까워지는가. 아니면 배후는 끝도 없이 오독되고 마는가.

아름다운 단풍이거나 순백의 구름, 청명한 하늘이거나 물가의 평화로운 사슴은 이제야 비로소 절제된 외로움을 향해 달려가려고 한다. 그것은 이제 단 하나의 피사체이며, 더 이상 진부함은 존재하지 않는다. 경계가 무너지고 수면에 비친 나무와 새들이 무너지기 시작하면, 누군가의 진부한 음성은 들리지 않는다.

>

사랑을 속삭이던 연인들은 오랜 세월이 흘러 아이를 낳고, 그저 단풍이며 구름, 하늘이며 사슴이 나부끼는 강변을 산책하려고 한다. 싱그러운 바람이 불어온다고, 누군가 말을 했지만, 그것은 진부한 의도가 아니었다고 당신은 믿고 싶어진다. 아침 식탁처럼 놓인 단풍이거나 구름, 하늘이거나 사슴을 지나 연인들은 걸어가고, 아이들은 끝도 없이 태어나며, 단풍이거나 구름, 하늘이거나 사슴의 배후가 되어 간다.

불가촉의 음성과 모든 애도의 밤

오늘은 애도의 밤입니다. 그러나 이곳은 그 어떤 애도도 없이 고요하게 밤을 견디려 합니다. 당신의 마지막엔 그리하여 불가촉의 그것처럼 누구도 당도하지 않습니다. 향은 꺼진 지 이미 오래이고, 오늘 밤의 애도는 더 이상 당신의 상징이 될 수 없습니다. 당신이 마지막으로 보았던 것은 무엇입니까. 환하게 다가오는 헤드라이트 불빛 속에 고요는 결코 아름답습니까. 눈이 내리면 지상은 사라지려 합니까. 눈발은 누군가의 비극처럼 더 깊은 계곡으로만 쌓입니다. 깊이를 알 수 없는 지상을 당신은 알지 못합니다. 사라진 지상에 나무는 뿌리도 없이 자라고 나무의 가지마다 죽은 자의 음성은 그 누구도 애도할 수 없습니다. 불가촉의 그것처럼 당신은 유폐된 수렁을 떠올리려 합니다. 당신의 삶은 불가촉의 음성 앞에서 자주 무너지는 꿈을 꾸곤 합니다. 모든 것은 돌이킬 수 없다고 생각하는 순간 당신의 마지막은 펼쳐집니다. 도끼로 통나무를 패는 찰나는 돌이킬 수 없습니다. 도끼의 날이 받침목에 박힐 때. 그것은 그 어떤 단호함입니까. 아니면 아플 수조차 없는 상처입니까. 오늘은 당신을 애도할 수 없는 밤입니다. 당신은 불가촉의 손을 내밀어 누군가의 어깨를 흐느끼고 싶습니다. 당신은 불가촉이고, 어둠은 느닷없이 펼쳐지고, 불가촉의 화분은 발굴할 수 없

는 유적이 되어 갑니다. 오늘은 애도의 밤이고, 불가촉의
마지막은 어느덧 폐기된 내일 밤이 되어 갑니다.

공휴일

이곳은 텅 빈 고요이다. 당신은 침대에 누워 밝아 오는 아침을 바라보고 있다. 햇살은 느리고 고요하게, 그러나 절박하고 집요하게 당신의 어깨를 놓으려 하지 않는다. 당신의 숨이 멈춘 마지막으로부터 당신의 슬픔은 비로소 시작되려 한다. 당신은

눈물을 흘리는가. 당신은 문득, 당신의 죽음이 궁금해지기 시작한다. 당신의 두근거리는 심박을 향해 불현듯 들어선 것은 무엇이었나. 당신의 심장을 관통한 칼의 끝이, 당신의 등을 흐느끼고 있는 침대를 향해 참혹하다.

마지막 순간은 어떻게 시작되고 저물어 갔는가. 모든 일의 전조는 알 수 없다고 당신은 생각한다. 마지막 힘을 다해 당신의 눈동자는, 깨진 창과 굳게 닫힌 현관문을 바라보며 돌이킬 수 없는 어젯밤을 그저 흐느끼기 시작할 뿐이다.

개미 떼가 몰려오면 지진은 일어나는가. 무너진 건물 더미에서 살아남은 아이는 밤마다 죽을 수 없는 악몽에 시달리고, 지진운처럼, 믿을 수 없는 전설은 항구에 도착하지 않은 난파선의 이야기를 들려주려 한다.

>

　당신은 되돌릴 수 없는 휴일 오전을 무기력하게 침묵한
다. 그것은 텅 빈 고요이거나 깊이를 알 수 없는 절망. 이
제 모든 것은 끝이 났지만, 당신의 심박에서 흘러나온 한
줌의 슬픔과 공포, 회한과 분노는 여전히 과거를 거두어들
이지 못한다.

　비행기가 추락하는 꿈을 꾸고 나면 새벽은 다가오는가.
오늘이 지나면 내일은 비롯되는가. 그것은 알 수 없는 일
이고, 휴일 오전의 텔레비전에서 누군가의 일생은 시작되
고 마무리된다. 시트에 스민 당신의 심박이 굳어 가기 시
작하면

　예배당의 찬송가는 영생과 복음을 절망하려 할 것이다.
이제, 모든 것은 고요하고 평화롭다. 어디선가 고양이 울음
소리가 들리는 듯도 하였다. 당신은 눈물을 흘리는가. 그리
하여 이제, 모든 것은 끝이 났구나. 이제

매일매일 밤의 끝과 당신이라는 소녀

혼자 걷던 국도 변의 밤을 생각한다.
그것은 매일 밤이고,

당신은 매일매일 밤의 끝에 기다리고 있는 한 줌 재의 알 수 없는 허밍을 잊고만 싶어진다. 의정부는 아직 멀었는가? 그리하여 당신의 음성은 국도의 어느 밤을 배회하려 하는가? 국도를 따라 도열한 어둠은 끊어졌다 이어지기를 반복하는 흐느낌처럼 당신의 발목을 잡고 놓으려 하지 않는다. 두려움은 어느 곳에 있는지, 당신은 문득 뒤를 돌아보지만 그곳에는 강가에 누워 잠든 저물녘의 환영만이 물끄러미 당신을 바라보고 있을 뿐이다.

총성이 울리는 숲의 너머처럼 공포는 도사리는가? 당신은 문득 먼바다에 빛나는 물고기 떼를 떠올리기로 한다. 그러나 해변은 디딜 수 없는 핏빛 울음으로 가득하고, 당신은 어느새 해변을 지나 첨벙첨벙, 예언할 수 없는 바다로 걸어 들어가고 싶어진다. 정치망에 걸려 죽은 고래가 거대하게 떠오르며 수면을 흐느끼지만 그것은 사소한 불행일 뿐이고

당신은 그저 어둠의 국도 변을 걷고 있을 뿐이다. 어둠

너머의 산등성이가 고래의 마지막 숨처럼 부풀어 오르며 공중을 배회하는 듯싶다. 그리하여 의정부는 아직 멀었는가? 모든 애도는 국도 변으로부터 시작된다고 당신은 어느덧 믿기 시작한다. 당신의 심박은 국도 변을 두근거리며 잊을 수 없는 오늘 밤을 애써 잊으려 한다.

소녀의 가슴이 부풀어 오르면 두려움은 시작되는가? 당신은 문득 뒤를 돌아보고, 그곳에는 울음을 터뜨리지 않는 당신의 소녀가 물끄러미 당신을 바라보고 있다. 그것은 예언할 수 없는 애도인가? 그리하여 의정부는 아직 저 산 너머 어둠뿐인가? 모든 것은 알 수 없고,

당신은 그저 국도 변의 어둠과
오늘 밤의 끝에 있는 의정부를 잊고만 싶어진다.

그러니까 가령 오후는

그러니까 가령 오후는 그런 것이다
누군가 현관문을 두드리는 소리에 문득 잠에서 깼을 때
의 몽롱함

낮잠을 자고 일어난 일요일 오후
가방을 메고 학교에 가던 날을 떠올리면
오래전에 죽은 이들이 생각난다
봉분 하나 없이, 비석도 없이 죽은 이들은 아무 이름도
얻지 못한 채
나의 기억을 되짚으며 문득 뒤돌아본다

그러니까 가령 오후는
아무 말 없이 흐느끼는 식은 밥과 같은 것이다

죽은 지 일 년이 지나 발견된,
썩지도 못한 채 바싹 말라 버린 침묵의 흔적
오래도록 저물지 않는 오후의 태양을 바라보면
비로소 슬픔은 고개를 들어 죽은 자를 추모하기 시작한다
그러나 죽음은 쉽게 잊히는 법이지

>
그러니까 가령, 오후는 그런 것이다
산 자를 위한 진혼가가 울려 퍼지는 바닷가를 배회하는
이들이 있다
죽음은 너무 오래되었거나 먼 미래의 일
냄새도 없이 통곡도 없이 오후는 그저 고요하다

그러니까 오후는
영원히 끝날 것 같지 않는 한여름 밤의 술래잡기
철 지난 조간신문을 읽으며 국수를 먹는 일

상복을 입지 않은 이들은 아무도 추모하려 하지 않고
구름 속을 날아가던 비행기는 흔적도 없이 사라진다
그리하여 분수대마다 아이들의 젖은 옷은
첨벙첨벙 슬픔을 노래하지도 않는다

그러니까 오후는
정물처럼 펼쳐진 순간이거나
개수대에 아무렇게나 쌓인 식기
혹은
휴일 오후의 전국노래자랑처럼 그렇게

해 설

시인의 묘비명과 황혼의 문장

권성훈(문학평론가, 경기대 교수)

> 당신은 무엇을 떠올리는가.
> 끝도 없이 침묵하는 것은 과거인가 미래인가
> 아니면 말을 잊은 당신의 음성인가.
> ―「1월」 부분

1

선구자는 미래를 먼저 떠올리는 자다. 과거 넘어 현재에
서 누군가 하지 않았던 것을 실행한다. 그 길은 있어야 할
것에 대한 미래의 요청과 다가올 것을 예견하는 능력에서
생긴다. 선구자는 미래와 긴밀하게 접촉하며 시간과 사건
의 경계에서 전위적인 역할을 수행한다. 때로 선구자는 선
지자와 같이 사건의 부름에 응답하면서 역사적으로 연결된
유대 관계 속에서 메시지를 남긴다. 이 메시지는 자신의 말
이 아니라 시간을 초월하여 던져진 것으로 사회와의 상호
적인 관계 속에서 나타난다. 메시지의 기능은 전달과 선포

에 있으며 그것은 자신도 알 수 없는 신비스러운 계시 체험을 통해 성립된다. 그것은 지금은 닿을 수 없는 선구자의 직관으로 오며 아직 오지 않은 것들에 대한 징후의 음성이다. 이를테면 예언처럼 위험하고 불안한 세계를 공유하는 존재들의 침묵 가운데 깨어난다. 이러한 전언은 자연적인 것과 다른 현실에서 어떤 것의 출현을 제시하며 물리적으로 나타난 것이다.

선구자는 기존에 있었던 체제의 수행자가 아니라 미래에 대한 독립적 발현자다. 또한 이념의 대변자가 아닌 가치의 집행자로서 사건의 중심부에 있다. 그곳은 경계이며 선지자의 자리다. 그 한가운데서 마주한 사건들을 바라보는 것이 선구자이며 대부분의 전언은 모호한 세계 속에서 시적 언어로 발화한다. 이 언어는 "분명하고 명백하게 모든 것들을 폭로하고 싶어진다"(『원근법』). 발화자의 멈출 수 없는 침묵을 찢고 나오는 폭로는 예언과 같이 흐릿한 현실의 지평선 너머 시적인 질료를 통해 분명하고도 명백하게 드러난다. 이로써 기존의 언어와 차별화되는데, 경계의 중첩에서 도래할 사건을 내다본다.

오늘날의 시인에게 퇴화된 것이 바로 예언자와 같이 어떠한 세계를 제시하는 일이다. 조동범은 "시를 쓴다는 것은 시적 대상의 이면에 감춰진 의미와 사유를 통해 우리의 삶과 세계를 탐문하는 것에서부터 하나의 세계를 제시하는 것이다. 그리고 이때 제시되는 시적 세계는 이미지를 통해 구체적인 시적 정황을 드러내는 것이다"[1]라고 말한다. 그것은 새로운 세계를 제시하는 시의 고유한 기능으로 오랜 역사 속에서 다른 문화적 개념과 차별화된 가치를 가진다. 순수 이성 체계에서 생기는 개념은 정지되어 있지만 가치는 상시로 변화한다. 이러한 가치는 일상에서 집단적으로 유동하고, 우리가 세계를 길들일 수 없듯이 일개인의 전도에 의해 길들여질 수 없다. 정해진 형식을 사유한다는 것은 개념에 사로잡혀 있는 것으로 이대로는 경계에 도달할 수 없다. 개념에 의해 길들여진 체제의 시는 제의적 기능을 수행할 수 없다는 말이다.

조동범 시인은 시적 경계 속에서 제시하는 "수많은 사연들을 공시할 때, 감출 수 있는 이야기는 어디에 있습니까"(「수취인」)라고 질문을 던진다. "오래전의 슬픔은 아직도 선명하게 누군가를 두근거리고"(「드라이플라워」) 있는 것을 발견하고 그러한 "사연들은 어느덧 바닥에 떨어진 채 아무렇게나 굴러다니고, 그럴 때마다 하나의 사연은 거대하게 부풀어 오르며 하나의 분명한 사건"으로 현시된다. 이른바 그것을 구원하기 위한 "문자들은 단 하나의 의미만을 위해 모든 상징을 폐기"(「수취인」)하는 수법이 지배적으로 쓰이고 있다. 그의 시는 「드라이플라워」같이 "이윽고 썩고, 마르고, 바람에 날려 어제의 일들조차 기억할 수 없게" 된 "죽음이고, 과거이고, 오래전의 유적처럼 바스러지는 전생"에서 등 돌린

1. 조동범, 『묘사』, 모악, 2017, 6-19쪽 참조.

햇빛을 비춰 메마른 하늘을 살려 내고 멈춰진 심장을 뛰게 하여 생명력을 주입함으로써 '오래전에 잊히고 사라진 이야기'와 "구름이 흘러가는 모든 날들"(「드라이플라워」)을 기록으로 복원하는 데 주력해 왔다.

그의 시에서 근원적인 것을 이해하는 가장 올바른 척도로 나타나는 자연은 일상생활과 분리된 것이 아니다. 그는 자연과의 상호작용 속에서 포착되는 특이성을 '하나의 경험'으로 통합하면서 시적 대상을 이미지화해서 시적 상황을 완성하려고 한다. 그는 이같이 구현된 이미지 안에 감추어져 있는 시적 의미를 통해 특별한 하나의 경험과, 일상적으로 만나는 사건, 행위, 기쁨과 고통 사이의 관계를 보편화된 가치로 진입하게 만드는 데 선구적 역할을 했다.

2

이번 조동범 시인의 시집 『존과 제인처럼 우리는』에는 제의적인 시 의식을 통해 서사로 완성된 잠언들이 편재되어 있다. 시편 대부분은 '장엄한 저녁'과 같이, 붉은 노을이 낮을 덮고 어둠이 오는 시기를 가리키며 건너간다. 그것은 니체가 진술한 삶의 다리를 건너가며 몰락하고 있는 존재를 응시하는 것과 같다. 그는 이러한 몰락을 인식하는 인간은 위대한 예언자라고 했다. 현실이라는 몰락의 다리에서 니체가 말한 예언자는 "모든 것은 공허하다. 모든 것은 동일

하다. 모든 것은 이미 있었던 것이다!"[2]라고 메아리로 표명하는 존재다. 이 '몰락의 자리'에서 조동범의 시는 사라지는 음영 사이로 경계가 무화되고 멀리 낯선 것들을 낯익은 것으로 고요하게 반추하면서 몰락을 동경하기에 이른다. 그것은 "끝도 없는 지평선의 몰락을 예비"(『원근법』)하면서 오지 않은 것들을 이미 있었던 것처럼 기록한다. 그의 시편들은 미래에서 오는 요구로서 "안위를 향해 모든 불길함을 버리려" 하는 데서, "저녁 식탁마다 평화로운 안부"가 "가득하고, 창문마다 저물녘의 일몰"이 "천천히 고개를 돌리려" 하는 쪽과는 반대 방향으로 향해 있다. 일몰의 반대쪽은 지나온 역사를 지나가기 전에 예측하는 시그널인 것이다. 그는 이미 "예언서마다 죽음의 문장들은 눈물을 흘리지만, 저녁 식탁의 가족사는 행복했던 과거만을 기억"하고 있는 세계를 암시한 바 있다. 사건 속에서 폐기된 세계는 몰락한 것이며 "폐허 이전의 역사"(『오랑』)이기 때문에 그러한 세계는 존속할 수 없다. 끊임없는 생성과 소멸을 통해 건너가고 있을 뿐이다.

조동범의 시는 폐허 이전 상태에 주목하며 오히려 평화로운 한때 속에서 그 너머의 의미를 산출해 낸다. 이때 "당신의 얼굴은 깊이를 알 수 없는 어둠과 그늘, 분노와 슬픔, 회한과 절망에 여전히 물들어 있다. 장엄하고 평화로운 석

---

2. 프리드리히 니체, 장희창 역, 『차라투스트라는 이렇게 말했다』, 민음사, 2017, 237쪽.

양 속으로 세계의 모든 신화와 전설은 오래전의 기억들을 이윽고 폐기하고 싶어진다". 그렇지만 시인은 이 폐허의 기억마저도 폐기하고 싶다는 것을 과거의 그림자 속에서 "수평선을 등에 지고, 끝도 없는 지평선을 향해 한없이 길어지고 싶"다고 현재형으로 묘파한다. 그 순간의 무게를 견딤으로써 최고조에 달한 종말의 아름다움을 미지의 끝에서 바라볼 수 있는 것이다. 세기말의 모든 종식에 대해 석양 저편 순간처럼 "석양은 이제, 형언할 수 없는 세계의 모든 석양을 거느리며 수평선을 향해 종언을 고하려 한다"(『세계의 모든 석양』)는 것이다. 모든 몰락은 언제나 건너가는 삶의 가운데 있는 것이니, 지금의 몰락은 다음의 몰락을 위해 바쳐지는 것일 뿐. 마치 "아 내 삶의 오후여! 아, 저녁을 앞둔 행복이여! 아, 대양의 항구여! 아, 미지 속에 깃들인 평화여!"[3]와 같이 그의 이번 시편들은 니체가 차라투스트라의 입을 빌려서 말한 '미지의 바다의 마지막 결전'으로 위대한 몰락을 완성시키는 '예언적 시작술'에 가닿아 있다.

3

조동범의 시편들은 진정한 시인으로 산다는 것이 무엇인

---

3. 프리드리히 니체, 장희창 역, 『차라투스트라는 이렇게 말했다』, 민음사, 2017, 288쪽.

가에 대한 질문들을 던지게 한다. 그것은 우리가 진리라고 믿어 왔던 테제를 전복시키면서 파생되며 그것에의 개념은 습득으로 이루어진 형식에 지나지 않는다는 것을 보여 준다. 작금의 시어들은 인과율 위에 놓인 허구성을 향해 있지만 그것은 사실적인 것이 아니라 관찰들의 빈약한 인식의 총합으로 미래에 다가서지 못하고 새롭게 밀려나는 주류다. 이러한 점에서 그의 시는 가파른 시대의 흐름 속에서 '위태로운 고요'로 있으면서 도래할 몰락을 시사하며 등장한다. 그는 "당신의 손끝에서 완성되는 하나의 세계를 바라"보며 "당신의 문양으로부터, 선명하게 그어지는 그 어떤 예언과 불길함"으로 인해 "오래도록 당신의 과거를 복기하고 싶어"지는데 "그것은 기둥이고 슬픔이며 끝도 없이 무너지는 구름"(「타투이스트의 끝없이 흘러나오는 비문과 축문과/ 무너지는 구름의 기원과 축복과」)이라는 사실을 시인의 손끝에서 추출한다.

게다가 시인의 진정한 과제는 현실에서 미래를 견인하며 구현된 특별한 하나의 사건을 만나게 해 주는 데 있다. 그러면서 혼돈의 문명과 획일적 개념으로부터 퇴행되어 버린 예지의 능력과 시인의 본래 가치를 복원시키는 것이다. 그러므로 시인은 다가올 미래의 세대를 옹호하고 인정하며 구제하는 자가 아닐 수 없다. 시인은 "누군가와 마주 앉은 기쁨과 슬픔, 원망과 분노의 문양들을 호명하며 현생의 모든 선과 악이 되려 한다"(「Jane Doe」). 조동범에게 선과 악은 생과 사와 같이 이분법적인 것이 아니라 공속적인 것으로 존재하며 이것이 없이는 저것이, 저것이 없이는 이것이 있을 수 없다. 그동안 진리라고 믿어 왔던 "오래전의 황폐한 서사는 믿을 수 없는 폐허"로 전락되었으며 "상투적인 묘비명"같이 "그것은 기억할 수 없는 기원전의 이야기처럼 아득하고 막막할 뿐이다". 그러므로 그는 "애초가 사라진 묘비명은 마지막 순간만을 기록하고 있으므로 우리는 그들의 전생을 상상조차 할 수 없구나"(『친애하는 고인들』)라고 한탄할 수밖에 없다.

그의 시편은 묘비명과 같이 이미 정해진 문장 속에서 영혼이 휘발된 '언어의 묘지'를 마주하게 한다. 그것은 시인의 사회에서 관습화된 문장들에 대한 죽음을 선언하는 것과 같다. 가령 고유성을 잃어버린 시인은 예언자가 아닌 현혹에의 주술가라는 점에서 믿을 수 없는 소문만 가득한 문장으로 나타난다. "주술사의 음성처럼, 해변의 묘지는 믿을 수 없는 신화와 전설이 되어 가고, 생과 사의 모든 문장들은 끝도 없는 밤과 낮을 배회하며 모든 것을 잊고만 싶어"(『친애하는 고인들』)질 뿐이다.

현실의 수많은 시인들은 학습된 것에 사로잡혀 그것을 고수하고 표현한다. 한 번도 그것이 습득한 개념에 불과하다는 것을 의심조차 하지 않는다. 그것은 "말할 수 없는 종의 언어"와 같이 "쓸모없는 원고지의 칸칸마다/ 말할 수 없는 혀들이" 만들어 낸 것에 불과하다. 시인 자신이 주인으로 산다는 것은 모두가 공유하는 보편적 시 의식을 가지는 것이 아니라 자신만의 고유한 시 의식을 소유하는 것이다. 시인이 자신만의 언어를 고유한 표현의 동력으로 삼지 않는다면 독립성이 상실된 것으로, 단순히 "가갸거겨고교구규"에 지나지 않는다는 말이다. 동일적인 개념으로 창작된 시는 획일적인 공산품에 불과하며 전파되지 못하는 박제된 언어다. 이른바 "예언할 수 없는 샤먼의 언어처럼 더듬더듬"(「이야기의 끝과 시작처럼」)거릴 뿐 고유한 예언적 기능을 스스로 소멸시키는 것과 다르지 않다. 이러한 시인들은 삶이라는 해안가에서 자신만의 도그마에 갇혀 그 "너머를 바라볼 수 없"는 "해변의 당신들"이며 이들에게 "저녁의 경계는 불분명하고 수평선 너머는 알 수 없는 공포뿐이므로, 바라볼 수 없는 것은 믿지 말아야 한다고" "중얼거"(「선셋」)림으로 경고하고 있다.

<h1 style="text-align:center">4</h1>

조동범은 언어의 묘지에서 언어의 구원을 위해 "소설처럼이라는 말은 이제 하지 않기로", "하나의 결말이 거느리는 불길한 음역 역시 이제는 슬퍼하지 않기로 한다". 그는 그의 문장이 "그저 '인생은 아름다워'와 같은 진부한 혀를 내밀어 마침표를 찍으려 할 뿐이다"라고 말하며 이미 "진부한 혀"를 자르고 "마지막 문장"(「암스테르담」)으로 돌아난 언어의 박피처럼 절박하게 살기를 바라는 각오를 다진다. "세계의 모든 위험들은 예언되지 않는 불운"이 되지 않기 위하여 "지평선을 향해 끝도 없이" "닿을 수 없는 지상을"(「세계의 끝과 여

전히 다정한 연인들』 자명하게 걸어가고 있는 것이다.

이것을 '차원 높은 시'라고 한다면 그것은 '고도화된 시인'으로부터 나오며 불특정 다수에게 주는 선물이 된다. 반면 아무리 좋은 시라도 통하지 않는다면 죽음의 문장인 것과 동시에 작가나 독자가 아닌 시체에게 말을 하는 것과 같다. '차원 높은 인간에 대하여'에서 니체는 "나는 모든 사람들에게 말을 했지만, 사실은 그 누구에게도 말하지 않은 셈이 되고 말았다"고 말한다. 바로 자신의 말을 알아차리지 못하는 독자들에게 자신은 시체나 다를 바가 없었다는 것이다.

차원 높은 인간에게 새로운 진리를 선포하기 위해 니체는 신 앞에서 모두 평등하다는 테제를 두고 신의 죽음을 공표한다. "신 앞에서라고! 그러나 이제 신은 죽었다! 그대들 차원 높은 인간들이여. 이 신은 그대들의 가장 커다란 위험이었다. 신이 무덤 속에 드러눕고 나서야 그대들은 비로소 부활했다. 이제 비로소 위대한 정오가 오고 있으며, 이제 차원 높은 인간이 주인된다!"[4] 고도화된 인간은 새로운 인간의 전형을 창출하기 위한 주체적 전제로서 출몰한다. '신의 죽음'이 전하는 메시지는 세계를 관조함에 있어 기존의 관점을 차단하면서 규정적이고 확정적인 본질적 개념을 거부하고 마비시키는 것을 의미한다.

이로써 신에 대한 믿음은 극복해야 할 신념으로서 '절대

---

4. 프리드리히 니체, 장희창 역, 『차라투스트라는 이렇게 말했다』, 민음사, 2017, 502~503쪽.

가치의 죽음'을 통해 내세를 부정하고 현세의 삶을 긍정하게 만든다. '위대한 정오'에서 신의 죽음은 태양이 바로 일직선에 있는 상태로 그림자가 소멸된 오후의 시작에서 비롯된다. "그러니까 가령 오후는" "썩지도 못한 채 바싹 말라 버린 침묵의 흔적"이면서 "오래도록 저물지 않는 오후의 태양을 바라"(『그러니까 가령 오후는』)보는 것과 같다. 신의 '죽음은 너무 오래 되었거나' 그것을 깨닫지 못하는 자들에게는 '먼 미래의 일'로 여겨질 뿐이다. 그러한 "태양은 뜨겁게 우리의 육신을 말리고, 나의 꼬리와 너의 꼬리 그리고 나의 머리와 너의 머리는 폐기되어 버린 신화를 떠올리며 참혹했다"(『종種의 애도』)는 데서 신은 조동범의 시에서 폐허가 된 신화일 뿐, 그것은 "파기된 예배당의 복음처럼, 믿을 수 없는 약속만이 오늘 밤을 기원하려"(『일 년 전의 낮과 밤과 당신과』) 하는 이들의 맹목적인 신념에서 기원하는 것이다.

니체의 '차원 높은 인간'은 조동범 시인에게 와서 '고도화된 시인'으로 명명된다. 니체가 신의 죽음을 선포함으로써 드디어 인간이 인간으로서 자유의지로 자유정신을 회복한 것같이 조동범 시인은 '시인의 죽음'을 선언한다. "당신의 죽음은 모든 제의를 수긍하기로 한다. 오늘 밤은 거룩하게 당신을 추모하려 하고 누군가는 무릎을 꿇고 돌이킬 수 없는 슬픔과 제의에 충실해지려 한다. 추도 예배가 시작되면 신자들은 소리 높여 찬송할 것이고, 누군가의 통곡은 거룩한 애도의 순간을 이윽고 완성할 것이다.// 당신은 뜨거움을 마지막으로 제의의 마지막 순간과 이별을 고하겠지. 불길 속에서 당신이 흐느끼기 시작하면 애도의 모든 순간은 절정을 향해 통곡을 거듭할 것이다. 당도하지 못한 신의 음성 앞에서"(「뒤따르는 침묵」).

그가 일컫는 고도화된 시인은 "거짓된 진실 혹은 진실된 거짓만을 말하려 한다". 시인의 감각과 감수성은 파편화된 세계의 스펙트럼을 확장시키면서 '거짓된 진실 속에서 부화하지 않는 진실된 거짓'을 묘파한다. 이것은 "아이스크림의 거짓말 같은 달콤함을" 통해 "달콤하게 줄줄줄 흘러나오는 거짓말"을 말한다고 해도 진실에 닿을 수 없다. '다다를 수 없는 진실'은 '거짓이 진실'을 분만하고 있기 때문이다. 그러므로 시인의 언어는 진실이면서 거짓이며 거짓이 아니면서 진실도 아닌 것이 된다. "나는 줄줄줄 거짓을 흘리며 줄줄줄 진실 같은 거짓만을 이야기하려 한다/ 모든 외로움이 거짓이라는 걸 당신은 왜 모를까"(「태극당 모나카와 어느 오후의 줄줄줄」). 결국 욕망으로부터 생겨난 진실과 거짓은 '허기'라는 욕구가 분만한 허상의 요구에 불과하다.

5

조동범의 시에서 지배적으로 나타나는 것들은 수평선과 지평선의 경계 지점에 있다. 이러한 정황은 '언어의 제동'과 '의식의 지연'을 통해 보다 강렬한 인상과 함께 그 너머의 세계를 자동적으로 상상하게 만들어 준다. 이를테면 그의 수평선에서 보이는 것은 해변으로 끊임없이 밀려오는 파도다. 파도는 "황혼의 해변"("휴스턴」)과 '죽음의 해변'("해변의 산책」)으로 다가오는 어둠 속에서 밀물과 썰물과 함께 교차되어 나타난다. '수평선 너머의 눈물'은 "수평선과 함께 최후를" 맞이하면서 "수평선의 끝도 없는 너머"로부터 "수평선을 지나면" "환영처럼 피어오르"("호라이즌」)는 죽음을 바라본다. 지평선에서도 "지평선의 몰락"("원근법」)과 "지평선 너머에서 피의 전언"("극의 역사」)을 예고한다. "지평선 너머로 추락"("원근법」)하는 '지평선 너머로부터 부는 바람'은 "지평선의 음성"("개와 늑대의 시간」)으로서 "오래된 비명으로 가득 차"("엘리펀트」) 있다. 따라서 "지평선의 낮과 밤"("원근법」)은 '지평선이 몰려오는 어둠'으로 "지평선을 향해 한없이 길어지고"("세계의 모든 석양」) 있다는 "지평선 너머의 이야기"("원근법」)에 귀를 기울일 수 있다. 이것은 조동범 시인이 구축한 묘사 기법 중 하나로서 어울리지 않는 낯선 정황에 일관된 정서와 감각을 부여하는 방법이다. 말하자면 '영상조립시점'으로서 "각각의 정황은 파편적 이미지들로 연결되는데, 이때 개별 이미지는 파편화되어 분절적이기만 하면 안 된다. 영상조립시점은 어울리지 않는 이미지들의 조합이지만 전체적인 맥락에서 그것을 관통하는 정서와 감각, 의미 등이 필요하다".[5] 이는 두 개 이상의 조각난 풍경들을 묶어 재구성하면서 전혀 다른 지각과 의미가 도출되는 것인데 그의 시를 통

5. 조동범, 『묘사』, 모악, 2017, 74쪽.

해 실행하면서 산출해 낸 것이다.

그의 시에서 이러한 '지배적인 정황'은 경계와 체제를 무너뜨리는 언어의 선상에서 작동한다. "시를 언어화할 때 의미 있는 시적 세계를 만들어낸다. 이는 지배적 인상을 시적 정황으로 구조화한 것을 의미한다. 이때 지배적인 정황은 단순하게 강렬하기만 한 정황이 아니다. 그것은 우리의 미의식을 자극할 수 있는 미적 인식으로서의 장면이"[6]라고 할 수 있다. "거기서는 낱말 하나하나가 소리로서, 장소로서, 개념으로서, 좌우로 그리고 전체 위로 자신의 힘을 분출하고 있다. 기호들의 범위와 수가 이렇게 최소한에 그치면서도 그것들이 실현하려고 하는 기호의 에너지를 이렇게 최대한에 이르기까지 실현하고 있"[7]는 데서 분출되는 '언어의 자극'이다. 이 가운데 조동범 시인은 그의 시편들을 통해 "한낮의 태양처럼, 그리하여 한밤의 두려움처럼 메마른 숲과 강의 음성은 당신의 손금을 파기하려 한다. 이제, 돌이킬 수 없는 심박처럼 당신의 온몸은 두려움을 두근거린다. 그리하여 내일 밤은 이윽고 펼쳐질 것인가"(「일 년 전의 낮과 밤과 당신과」)라고 적고 있다.

조동범 시인의 이번 시집은 주체적 시론을 묘사하는 '언어적 실행자'로서 생애 전반을 글쓰기에 바친 성과물이다. 그에게 시가 관습에 얽매인 '체제의 수행자'가 아닌 것은 현

6. 조동범, 『묘사』, 모악, 2017, 21쪽.

7. 프리드리히 니체, 박찬국 역, 『우상의 황혼』, 아카넷, 2019, 167쪽.

실의 정서와 감각 등을 성찰하고 탐문하며 파고들기 때문이다. 아울러 돌이킬 수 없는 '시인적 도취'를 '시인의 묘비명'으로 경계해야 할 때다. 이로써 '정오의 태양'과 같이 그의 삶과 작품이 그 아래에서 새롭게 조명되어 '황혼의 문장'으로 이어지질 바란다.